1888

ACHTZEHN HUNDERT ACHT UND ACHTZIG

NOVELLE

G. H. H.

APHAIA VERLAG

© Copyright für diese Ausgabe APHAIA Verlag
© Copyright G.H.H. 2022

Den Toten.

I

Seehausen

Aus der Stille des Sonntags schallt die Orgel der Petrikirche in die Ferne. Stunden sind seit den Gottesdiensten vergangen. Der Organist schlägt sie nach eigenem Gutdünken. Anfang Juni ist es. In der Hauptstadt nähert der neue Kaiser sich seinem Tod. Ein paar Pferde wiehern in ihrem Stall. Man denkt nicht darüber nach, aber das ganze Leben des Landes hängt in der Schwebe, seit der alte Kaiser gestorben ist.

Der Pfarramtskandidat fühlt sich anderswie in der Schwebe. Ein Schwindelgefühl mischt sich darin ein, das wenige Leute auf dem flachen Land empfinden können. Er erwartet seine Ernennung auf eine der freien Pfarrstellen der Gegend und hofft, dass sie nicht zu weit von der Kleinstadt entfernt sein möge, wo seine Mutter lebt. Er hat dort soweit Wurzeln geschlagen, wie er eben kann, im verräterischen Untergrund zwischen Erde und Wasser.

Alles ist still.

Die Kleinstadt schläft satt vom Mittagessen. Der Kandidat zögert, wieder einmal beim Superintendenten vorbeizuschauen, der ihn mit einer Sympathie betrachtet, deren Gründe er nicht weiß. Er ist es zufrieden, ohne weiter nachzuforschen. Wenn die Ernennung eintrifft, gegen jede Erwartung, die trotzdem so notwendig ist, kann der nächste Schritt nur eine Heirat sein. Er fröstelt im Vorgefühl einer Herausforderung, die ihm noch schwieriger vorkommt als auf eine Kanzel hinaufzusteigen und zu predigen. Frau und Mann schlafen in einem Bett. Diese Vorstellung verabscheut er, da er es kaum aushielte, wenn jemand anders in der gleichen Kammer schliefe. Dabei hat er diese Erfahrung gar nicht gemacht, da er der einzige Sohn und vom Militärdienst befreit ist, der sie ihm aufgezwungen hätte.

Den Rückweg von seiner Predigt in einer Dorfkirche der Wische macht der Kandidat zu Fuß, das versteht sich von selbst. Jetzt nähert er sich dem Haus, in dem er mit seiner Mutter wohnt, aber er hat noch keine Lust, wieder daheim zu sein. Das Gehen hat ihm gutgetan, nach der ziemlich verschnapsten Mahlzeit beim Dorfbürgermeister, einem Großbauern, der sich ein wenig über den jungen Vertreter lustig macht, den ihm sein Pastor geschickt hat. Der Kandidat weiß, dass der Bürgermeister familiäre Beziehungen zu zwei Pfarreien besitzt, auf deren Pfarrstellen er hofft. Die Mahlzeit nach der Predigt ist daher eine Pflicht. Glücklicherweise erwartet man nicht von ihm, mehr als einmal mit anzustoßen, aber der Schnaps gehört zu den stärksten und ist bestimmt selbstgebrannt. Ein Glas genügt, um ihm mehr heimzuleuchten als gewöhnlich. Das brennt außerdem in der Kehle und man muss Tränen unterdrücken und auf freundliche Art lächeln, gut, noch eine Prüfung bestanden. Ein Vorteil sind auch die unauffälligen Schmisse von den Fechtübungen, auf die ihn niemand anspricht, die aber dazu beitragen, ihm ein Ansehen zu geben. In der Schule haben sie ihn für schwach oder schwul gehalten, da er an keinen Leibesübungen teilnimmt, aber auch damals weiß er dem Unvermeidlichen zu begegnen. Der Religion und dem Zustand einer Welt, in der wie in der Schule nicht jeder nach Verdienst behandelt wird, begegnet er genauso. Derart mittelmäßig, wie seine Noten ihn machen, kommt er sich nicht vor, aber gute Noten sind zu seiner Zeit noch selten, daher erschiene ihm ein heutiger Notenspiegel ganz unwahrscheinlich. Trotzdem wäre es ihm lieber gewesen, für seine Lehrer zu den Guten zu gehören.

Die Füße tragen ihn von allein zu seiner alten Schule. Das wundert den Kandidaten nicht. Im übrigen gibt es nicht allzu viele Möglichkeiten, eine andere Richtung einzuschlagen. Heute wird die Schule verlassen sein. Sie ist eine vielfältige und unvermeidliche Erfahrung gewesen, wie die oftmals enttäuschten Erwartungen der Mutter. Zweifellos hat sie sich am meisten dafür angestrengt, ihn das Abitur bestehen zu sehen.

Manchmal begegnet der Schüler einem jungenhaften Mädchen, das ihn bezaubert wie ein Bogen weißes Papier. Er begegnet ihr immer an der gleichen Stelle und verlangsamt seine Schritte, ohne es zu wollen, denn er läuft Gefahr zu spät zu kommen, wenn er sich nicht beeilt. Als er sie links aus einer Straße hervorkommen sieht, verwundert ihn aufs Neue ihr Erscheinen. Sie geht langsam und wendet ihr Gesicht ab, wenn sie ihn sieht, aber er ist sicher, dass sie seine Schritte hinter ihr hört, auf den fünfzig Metern, die sie den gleichen Weg verfolgen. Dann wendet sie sich nach rechts und entfernt sich mit plötzlich schnellen Schritten, bei denen sich ihre Hüften deutlicher bewegen. Er bleibt stehen und folgt ihr verträumt mit seinen Augen, bis die Klingel der Schule ihn aufstört und dazu zwingt, die Brücke rennend zu überqueren, um den Einlass für die Schüler nicht zu verpassen.

Als der Kandidat auf der Höhe der Kleinen Brüderstraße ist, verlangsamen sich immer noch seine Schritte. Eine Frau kommt von dort hervor. Er meidet ihren Blick. Ihr Gesicht erinnert ihn nicht mehr an einen Bogen weißes Papier. Wie um ihre Gegenwart zu bannen, wechselt er auf den gegenüberliegenden Bürgersteig und schaut hinter der Brücke nicht einmal zum Gymnasium hinüber. Aber da steht es mit den Bäumen vor der Fassade zum Pausenhof, die noch nicht groß genug sind, um das Gebäude in einer fernen Zukunft weniger streng erscheinen zu lassen. Ein Gymnasium kann die Kleinstadt sich nicht wirklich erlauben. Außerhalb ihrer alten Mauern gelegen, verkörpert es die Fata Morgana eines Wissens, das die Erfahrungen von Bürgern und Bauern, aber auch alles übersteigt, was die Kirche verkörpert.

Allein die Kirche verspricht dem Kandidaten die Hoffnung auf ein sorgenfreies Leben. Sein Körper macht ihn unfähig, harte Landarbeit oder ein Handwerk zu ertragen, das seine Kräfte ebenfalls rasch verbrauchte. Sein toter Vater ist Schlossermeister gewesen, was in einer kleinen Landstadt nicht viel heißen will, ein Wanderhandwerker, der sein Werkzeug die meiste Zeit auf dem Rücken trägt. Ein solches Leben könnte der Kandidat nicht aushalten. Aber auch die Hoffnung schwächt statt zu stärken. Man stirbt vom vielen Hoffen.

Da hinten am Bahnübergang fahren Personenzüge vorbei. Einer gelangt bis ans Meer, an die Ostsee, aber nur einmal am Tag. Güterzüge dorthin gibt es auch, aber auf denen fahren nur Landstreicher mit und dürfen sich nicht erwischen lassen. Nach der Schule hat er oft den Umweg gemacht, der ihn über die endlose Goethestraße in die auch ziemlich lange, schattige und wenig bevölkerte Bahnhofstraße führt. So vermeidet er es, auf der Brücke den bösen Jungs in die Falle zu gehen, die sich dort zusammenrotten, um die kleineren zu verspotten oder schlimmeres zu tun. Auch als Primaner entzieht er sich lieber einem Schauspiel, das ihn nicht mehr betrifft.

Trödelt er beim Heimkommen, so merkt seine Mutter es nicht; sie verspätet sich regelmäßig, weil sie erst nach Hause kommt, wenn die ganze Stadt schon zu Mittag isst. Sie unterrichtet die Töchter der Kaufleute in der Stadt und der Gutsverwalter der Umgebung im Stricken und Nähen und lässt sich auch herbei, an Ort und Stelle Kleider zu flicken. Sie nimmt sie nicht mit nach Hause, um ihre Stellung als Lehrerin aufrechtzuhalten, denn sie möchte nicht einfach als Flickschneiderin betrachtet werden. So holt eine Kutsche sie seit einigen Jahren zweimal in der Woche zum Gut Vosshof ab, wenn der Kutscher mit seinen Besorgungen fertig ist. Der Gutsverwalter hat ihr die Vorbereitung seiner Töchter auf die Hausarbeit anvertraut. Sie isst dort mit der Familie, was ihr fast so viel bedeutet wie ihr Lohn, der vor allem aus Lebensmitteln besteht. Zahlungen in barem Geld würden sie fast beschämen, aber auch die hat sie natürlich nötig. Die Gebühren der Universität lassen sich mit Gemüse nicht bezahlen.

Seit der Kandidat von seinem Theologiestudium in Halle wieder da ist, kommt es oft vor, dass er in der Bibliothek des Gymnasiums etwas nachschlägt, um seine Prüfungen vorzubereiten. Sonst lernt er beim Superintendenten, der mehr Bücher hat als die Lehrerbibliothek. Sein Studium kann er anders nicht fortsetzen, das Geld dafür fehlt, auch wenn seine Mutter tut, was möglich ist. Er ist nach nur drei Jahren in die Kleinstadt zurückgekehrt, von denen er sich bis ans Ende seines Lebens geistig ernähren muss. Seine Mutter macht alles für ihn. Wenn sie nicht da ist, lässt sie ihm seine Mahlzeit in der Backröhre. Von ihrem Sohn erwartet sie nur, dass er das Pastorat erreicht, egal wo, wenn es nur nicht zu weit weg von ihr ist. Der Kandidat wiederum wollte sich gern weiter entfalten, als eine solche Stelle es ihm erlauben wird, aber wir wissen schon, dass er die Träume nicht verwirklichen wird, die ihm vor dem Einschlafen vorschweben. Er würde gern Historiker werden, um dem Beispiel von Gustav Droysen zu folgen, dem eines liberalen Professors und Sohn eines noch berühmteren Historikers. Seine Vorlesung ist ein Luxus für den Studenten, denn sie hat nichts mit seinem Studium zu tun und lenkt ihn eher ab. Außerdem weiß er genau, dass er nicht das Glück hat, Professorensohn zu sein und ein Studienfach mit der Unterstützung seiner Eltern frei wählen zu können.

Hermann ist nicht sehr groß und etwas mager, was ihn nicht daran hindern wird, mit der Zeit zuzunehmen. Essen wird er freilich nie übermäßig viel. Indem er sich einen kleinen Bart wachsen lässt, den er mit der Schere im Zaum hält, geht er der Klinge des Rasiermessers aus dem Weg, die ihn einschüchtert. So stimmt er mit einer Zeit überein, die mehr oder weniger bärtig ist. Die Männer, angefangen mit dem alten Kaiser, scheinen um jeden Preis den Wettstreit mit jenem „Ursprung der Welt" zu suchen, von dem nur der Pöbel reden kann. Der Kandidat betrachtet den Schmuck seiner Lippen eher nicht aus diesem Blickwinkel. Die Scham hindert ihn daran, Beobachtungen zum Geschlechtsverkehr, die auf dem Lande schwer zu verhindern sind, mit dem in Verbindung zu bringen, was er von sich selbst und den Frauen weiß. Ab einem gewissen Alter scheinen sie keine Beine mehr zu haben. Männer dagegen besitzen zwei untere Glieder und manchmal ein drittes, kleineres, das sich zwischen den Beinen wie ein Ast oder eher ein zusätzlicher Finger aufrichtet. Glücklicherweise können die Frauen sie nicht nackt sehen, ohne verheiratet zu sein. Man trägt keine viel zu engen Hosen mehr, die dem forschenden Auge erlauben, allzuleicht zu erkennen, was verborgen werden muss.

Nie spricht der Kandidat von den Qualen, die er beim Vergleich mit den Angebern erleidet, die ihre Geschlechtlichkeit mehr oder weniger schamlos übertreiben. Er hasst es sich dadurch angegriffen zu fühlen. Ein Grund mehr, über solche Angeber keine moralischen Urteile zu fällen, solange er sich nicht stark genug fühlt, sie ihnen gegenüber zu behaupten. So versucht er nicht darauf zu hören, was die Männer untereinander bereden. Ohnehin hält man sich angesichts seiner Stellung als Pastor in spe in seiner Gegenwart zurück. Das bringt die in Verlegenheit, die es nötig haben, sich andauernd mit den anderen zu messen. Ihnen gegenüber schweigen die meisten und fühlen sich aus dem Takt ihres weniger unbescheidenen Lebens gebracht. Die Religion dient zur Wiederherstellung des Gleichgewichts.

Warum so einen Unsinn denken? Schnell verscheucht der Kandidat solche unbequemen Geistesblitze. Gott ist mit den Schwachen, wenigstens hofft er das, aber man weiß nicht recht, ob er auch bei den Frauen ist. Das wäre ziemlich schlimm, denn gegen ihn vermag niemand etwas, also wäre die Macht der Frauen trotz aller Vorrechte der Männer ungeheuer groß, die doch die Herrschaft über sie ausüben, auch wenn sie eigentlich schwach sind. Noch ein Gedanke, den man nicht weiter verfolgt. Er versucht gar nicht erst, seine Mutter in diese Gedanken einzuschließen. Sie ist weder schwach noch machtlos, wenigstens ihm gegenüber. Der Sohn weiß ihr unendlichen Dank dafür und drückt dies damit aus, dass er sie tyrannisiert und sich ihrer Vorstellung von einer Zukunft beugt, in der es auf niemanden ankommt als auf ihn selbst.

Manchmal hat der Sohn den Eindruck, dass er seine Mutter sieht, wenn er sich im Spiegel betrachtet, was nicht allzu oft vorkommt, außer sie erinnert ihn daran sich den Bart zu schneiden. Hat er überhaupt einen Vater gehabt? Seit langem schon hat er keinen mehr. Seine Kindheit ist eine Gegend, in die er sich nicht hineintraut. Mit dem Tod des Vaters hat sie geendet, ganz plötzlich. Seitdem hängt alles von seiner Beziehung zur Mutter ab, die er moralisch unterstützen muss und die ihm hilft und ihn ernährt, ohne Möglichkeit der Gegenwehr, ohne dass ein kleinstes Wort des Widerstands ausgesprochen würde.

Die Fragen und kleinen Bemerkungen seiner Mutter können unschuldig erscheinen, aber sie sind voll von Hintersinn.

Wenn der Kandidat sich über ihre Art stillschweigender Kritik aufregt, verliert er sich in einem Nebel aus Ungeschicklichkeit, aus dem er in den eigenen Augen lächerlich auftaucht, böse auf sich selbst mehr als auf die Mutter, die sich über ihr Strickzeug beugt und engelhaft und unangreifbar lächelt. Eine Frau für ihn müsste anders sein. Biegsam. Aber um sie zu was zu beugen? Er geht dem Gedanken aus dem Weg, so sehr fürchtet er, sich in den Falten eines Unbekannten zu verirren, das ihn gegen seinen Willen anzieht, blöderweise. Schließlich bringt die Leere des Sonntags ihn dazu, nach Hause zu gehen. Der Tee muss schon bereitstehen. Vielleicht gibt es auch einen kleinen Kuchen.

Der Kandidat kennt jeden in Seehausen oder besser gesagt, er kennt alle, die dort wer sind und einige von denen, die nichts weiter zu sein scheinen, aber unter der Hand einen gewissen Einfluss ausüben. Das sind mehr Leute, als die wenigen Außenstehenden begreifen können, die es mit dem Zug in die Kleinstadt verschlägt. Natürlich kennt der Kandidat den Bürgermeister der kleinen Hansestadt, so wie alle und sogar die Außenstehenden ihn kennen können, aber er weiß auch, wer den Bürgermeister ins Amt gebracht hat, was er freilich nicht laut sagt. Solche Dinge können nicht zur Sprache kommen, sie drücken sich nur in einem Seitenblick, einem Ausdruck verständiger Ergebung, einer beiläufigen Geste aus, sie sind zu beschweigen. Den Bürgermeister umgeben Leute, die sich darüber einig sind, dass es auf ihn nicht so sehr ankommt, aber daraus abzuleiten, dass er nichts zu sagen hat, wäre verwegen. Das hat mit einer Vergangenheit zu tun, die so sehr Gegenwart ist, dass sie noch nicht als vergangen erscheinen kann.

Hermann Holländer weiß, dass sein Name in der Kleinstadt eine Bedeutung hat, denn er steht am Anfang ihrer Geschichte. Viel will das freilich nicht heißen, denn inzwischen stammen alle von den Holländern ab, ohne so heißen zu müssen, die einen mehr, die anderen weniger. Die Holländer verstehen mit dem Wasser zu wirtschaften und werden deshalb hier angesiedelt, was bald siebenhundert Jahre her ist. Eigentlich wundert er sich, dass die Namen immer noch die gleichen sind. Dieckmann heißen manche, andere Brabanter oder einfach Holländer, sofern nur der dünne Faden der väterlichen Abkunft nicht abgerissen ist. Wie sie das geschafft haben, bleibt rätselhaft, denn er selbst ist einziger Sohn seines Vaters und kann kaum glauben, dass es je mehr als einen Sohn gegeben hat, bis zu Kain und Abel zurück. In anderen Familien gibt es Brüder, die zahlreich genug sind, um mit anderen, die sich ihnen anhängen, eine eigene Bande zu bilden und statt verprügelt zu werden, auf dem Pausenhof selbst verprügeln dürfen. Aber er kennt es anders.

Erinnert der Kandidat sich überhaupt an den Vater, mit dessen Tod seine Kindheit geendet hat? Die Urkunde von dessen Meisterprüfung hebt er ein Leben lang auf, als Beweis für eine Anstrengung, die seine kirchlichen Prüfungen kaum übertreffen können. Immer klarer wird ihm nach und nach, dass auch der Pfarrer ein Handwerk ausübt, das einfachen Regeln und Erwartungen folgt. Körperlich muss er sich dabei wenig anstrengen, außer er bearbeitet seinen Acker mit eigenen Händen, aber es ist auch ein Handwerk, das keinen Feierabend kennt. Auf dem Dorf ist es nur erträglich, weil im Grunde alle, mit denen der Pfarrer zu tun hat, gleich eingespannt sind. Jedenfalls nehmen es die Leute als Beweis seiner Leistung, wenn er zu jeder Tages- und Nachtzeit verfügbar ist, wie der Landarzt oder der Tierarzt auch, wobei letzterer am häufigsten gerufen wird, noch vor dem Pfarrer, dessen Kommen nichts kostet, anders als das des Landarztes. Den Arzt rufen die Bauern meist erst, wenn sie auch gleich den Pfarrer rufen könnten. Dann das richtige Wort zu finden, lernt der Pfarrer erst mit der Zeit.

In der Schule hilft sein Jähzorn, denn die stärkeren Mitschüler behandeln mit Vorsicht, wem das Prügeln keinen Spaß macht. An die Rituale der Unterwerfung hält er sich nicht, schlägt plötzlich wutentbrannt um sich und tut einem weh, der damit zuletzt gerechnet hat. Die Schule, heißt es, dient der Vorbereitung auf das Leben. Das Leben, denkt der Kandidat schon früh, muss ein gefährliches Geschenk sein, wenn es der Schule irgendwie ähnelt. Dem Zwang von Gruppen hofft er sich als Pfarrer entziehen zu können. Er vertraut darauf, dass der Abstand zwischen den Kirchen und Dörfern groß genug ist, damit er seine Ruhe hat. Mit drei oder vier Kollegen wird er es zu tun haben. Das kann ihm nur sauer werden, falls er ins Gerede kommt und sie sich gegen ihn kehren, da sie die einzigen sind, die Auskunft geben können.

Ob er seine Lage schon im Dreikaiserjahr 1888 so realistisch einschätzt, bleibt offen. Alles, was sich sagen lässt, beruht auf indirekten Quellen und Anekdoten, die etwa den Jähzorn belegen, der ihn plötzlich überkommt und schnell verfliegt. Die Bauern können damit umgehen. Vorgesetzten begegnet der Pfarrer selten genug, damit er nicht unvorsichtig wird und sich zusammennimmt.

Den wertvollsten Hinweis darauf, was für den Studenten so wichtig ist, dass er dafür Schulden zu machen bereit ist, geben die vierhundert Mark, mit denen er nach sechs Semestern bei der Universität Halle-Wittenberg noch in der Kreide steht. Es sind Hörgelder für Vorlesungen an der philosophischen Fakultät, die er für sein Studium gar nicht braucht und nun, nach seiner Exmatrikulation, langsam abstottern muss, Vorlesungen an denen er im ersten und dritten Jahr seines Studiums teilgenommen hat. Im zweiten Studienjahr begnügt er sich mit der Theologie und dem Stammtisch der Landsmannschaft, in die er nun eintritt, um an zwei Abenden der Woche Gesellschaft zu haben. Das kostet jedesmal 25 Pfennig und nur beim ersten Mal eine Mark und ist genug, um ihn von fachfremden Vorlesungen fernzuhalten. Aber im dritten Jahr gibt er der Sehnsucht nach ihnen wieder nach, wobei es sein kann, dass ein Teil der Schulden noch aus dem ersten Studienjahr herstammen und in die eindrucksvoll hohe Abschlussrechnung eingehen. So viel zu den Spuren, die ein Leben manchmal hinterlässt, an das sich Lebende kaum noch erinnern.

Alles in Seehausen ist Gegenwart und misst sich am gewaltigen Bau der Petrikirche, zu der in notwendigem Missverhältnis steht, was ihn umgibt. Reine Gewohnheit, diese Anwesenheit des Vergangenen, die an sich noch kein Verhältnis zur Vergangenheit schafft. Die Erbauung der Kirche ist viele Jahrhunderte her, so dass kein Bürger darauf käme, dass sie einmal nicht dagewesen sein könnte. Erst diese Einsicht ließe ein Verhältnis zum Vergangenen entstehen, das auch alle die Dinge einschlösse, die nicht mehr erinnert werden. Schon der Befreiungskrieg, gegen den alle Kriege seither als begrenzte Kriegsspiele erscheinen, auch der gegen Frankreich, die Kriege gegen Österreich und Dänemark sowieso, als zulässige Eskalationen der Diplomatie, auch der Krieg mit und gegen Napoleon, der ein europäischer Krieg und eigentlich ein Weltkrieg gewesen ist, schon dieser Krieg der Urgroßväter und Großväter liegt jenseits der Erinnerungsgrenze.

Der Kandidat bemüht sich darum, mit seinem Gedächtnis diese Grenze zu überwinden, die den meisten seiner Mitbürger nicht einmal bewusst ist. Er gibt sich nicht mit den Reden zur fünfundsiebzigjährigen Wiederkehr des Befreiungskrieges zufrieden, die dieses ganze Dreikaiserjahr 1888 gliedern. Droysens Vorlesung zur Geschichte der neuesten Zeit beginnt mit diesem Krieg und reicht vorsichtshalber nur bis 1848, was jetzt vierzig Jahre her ist und vor Hermanns Geburt liegt. Sehr fraglich ist, ob die Hoffnungen der Achtundvierziger sich irgend schon erfüllt haben. Droysen scheint das selbst nicht zu glauben. Der Kandidat hat bei ihm zum ersten Mal ein Gefühl für das Schauspiel einer Geschichte entwickeln können, das sich im Unbekannten und Nichterinnerten vollzieht und doch das eigene Leben tief berührt.

Geschichte vollzieht sich wie ein Absinken des Gewesenen, bei dem sich gegen seine Verdichtung und zunehmende Schwerkraft nur wehren kann, was noch unverdichtet eigenen Raum beansprucht. Häuser können das am besten, eigentlich leerer Raum, den Mauern und Dach aussteifen und erhalten, so das alte Pfarrhaus gegenüber der Petrikirche. Der ehemalige Kirchhof zwischen Pfarrhaus und Kirche hat sich im Lauf der Jahrhunderte beträchtlich erhöht, während das Pfarrhaus in den Boden einsackt. Oben im ersten Stockwerk ist das unübersehbar, denn der Mittelteil des Hauses ist eine schiefe Ebene, die sich nicht richten lässt, weil die Zimmer nicht hoch genug sind und die Türen sonst zu niedrig würden. Mit seinem vorderen Teil, zur Kirche hin, steht das Haus auf steinernem Fundament. Das Erdgeschoss ist hier gewölbt und trägt das Fachwerk, das nur im mittleren und hinteren Abschnitt des Gebäudes in den beweglicheren Boden eingesackt ist.

Der Kandidat liebt und fürchtet dieses Haus, die Unausweichlichkeit und Allmählichkeit der Verwandlung, die es bezeugt, dieses langsame Mahlwerk des Gewesenen, das Gegenwart heißt. Die Bibliothek des Superintendenten ist in dem gewölbten Zimmer vorn im Haus untergebracht, das zugleich am dunkelsten ist, da es nach Norden und zu den Bäumen im westlich vorgelagerten Garten gerichtet ist. Von Osten versperrt der Winkel zum alten Schulhaus das Licht. Im Winter setzt er sich zum Lesen vor den Schreibtisch, während der Superintendent an einer Predigt schreibt. Sprechen darf er dann nicht, wobei er später nicht mehr verstehen kann, dass der ältere Herr seine Anwesenheit freundlich erträgt. Immerhin lernt er eines von ihm, das nicht verlorengehen wird, nämlich die Gewohnheit, beim Schreiben nicht vom Tisch aufzustehen und nach Dingen zu suchen, die er früher hätte bereitlegen sollen, aber jetzt nicht gleich wiederfinden kann.

Immer mit dem arbeiten, was auf dem Tisch liegt und schon im Gedächtnis vorbereitet ist, ermahnt ihn der Superintendent bei seinen Predigtentwürfen, wenn etwas fehlt, gibt es jedes Jahr noch mindestens fünfzig Gelegenheiten, das nachzuliefern und aus dem, was sich als Lücke erwiesen hat, eine neue Predigt zu machen. Solche Ratschläge sind so wertvoll wie die des Deutschlehrers, der dem Schüler einmal gesagt hat, dass es genug ist nachts zu träumen, aber dass es zu nichts führt, sich an seine Träume erinnern zu wollen. Auch daran hält er sich im allgemeinen, zumal Tagträume damit nicht gemeint sind.

II

Halle

Die Universität ist ein Würfel, ein Kubus, eine Kaaba, eine Pilgerstätte, ein regelmäßiger Körper in einer ganz schiefen und krummen Stadt. Das Löwengebäude nennen es die Studenten, nach Schadows friedlich auf Sockeln ruhenden Löwen, links und rechts der vor den Eingang gelagerten Stufen. Es sind die unkriegerischsten Löwen, die dem Kandidaten je begegnet sind, keine Wappentiere mit feurig aufgerissenem Maul, bloß Wächter, die jeden durchlassen, der die Stufen hinaufzusteigen wagt. Nicht die Wächter schüchtern ein, sie ermuntern eher dazu näher heranzukommen, sondern das Universitätsgebäude in seiner vollkommenen Selbstgenügsamkeit. Der Mitte der Kaaba ist wieder ein Viereck aufgesetzt, dessen Höhe und innere Ausschmückung von der Eingangshalle aus noch nicht sichtbar ist. Dann ziehen die Stufen der Treppe ins Obergeschoss den Blick unwillkürlich hinauf in den Raum des Vestibüls, das die Mitte der Kaaba bildet. Dessen Geräumigkeit macht es fast unwahrscheinlich, dass ringsum noch andere Räume Platz haben, die Quader der Hörsäle, von denen manche den Fakultäten fest zugeordnet sind, eine Aula, die Kustodie mit den Sammlungen der Universität, alles außer der Bibliothek.

Im neuen Viertel vor den Wällen, nicht weit zu Fuß, ganz für sich steht der schon nicht mehr ganz neue Bau der Universitätsbibliothek. Manche Professoren haben sich hier Häuser gebaut, um ihrem wichtigsten Arbeitsort nah zu sein, als ordentliche Professoren haben sie unter dem Dach des Löwengebäudes auch einen Arbeitsplatz, aber der bei den Büchern ist wichtiger. Natürlich ist der eigentliche Ort ihres Denkens das eigene Arbeitszimmer zuhause, aber manche Bücher können auch Professoren nur in der Bibliothek benutzen. Das Gelände von Stadt und Vorstadt ist in der Umgebung von Löwengebäude und Universitätsbibliothek sehr bewegt. Der Weg vom hier nach dort führt im Zickzack hügelauf.

Auch vom Löwengebäude aus in die Altstadt geht es um mehrere Ecken herum. Es liegt fast auf gleicher Höhe wie der Stadtwall. Aber zu keinem Bauwerk in Halle steigt eine steilere Gasse an, was auch erklärt, warum dieser Bauplatz neben dem Gartenlokal zur Tulpe noch frei ist, als die Entscheidung fällt, im äußersten Windschatten der Stadtbefestigung die neue Doppeluniversität Halle-Wittenberg zu erbauen. Der Universitätsplatz liegt als schiefe Ebene über den Dächern der Stadt und ist ein vertracktes perspektivisches Problem. Den Haupteingang mit den schläfrig wachenden Löwen wendet die Universität der Stadt zu und mag ihr als Brückenkopf oder Zitadelle eines überlegenen Gegners erscheinen, erbaut von einem preußischen Baumeister auf einem nur unter den Vorzeichen einer artilleristischen Ästhetik vorteilhaften Bauplatz.

Zu ihrer Kaaba glauben die Studenten nichts mitzubringen als ihren Ehrgeiz oder ihre Lust auf Wissen oder beides. Wissen oder Erkenntnis? Aber das ist schon eine weiterführende Frage, die erst stellen kann, wer die Begrenztheit des Wissens erkannt hat und nach einer Möglichkeit sucht, trotzdem das Unbekannte zu durchqueren. Theologie zu studieren verhilft da nicht zu einer Sicherheit, wie der Student sie sich vorgestellt hat, eher im Gegenteil. So schaut er sehnsüchtig zur philosophischen Fakultät hinüber, zu einer, wie ihm scheint, dogmatisch unbeschränkten Wissbegierde. Die Wege sind immer dieselben, auf denen die Studenten sich durch die Woche bewegen. Junge Männer mit flachen Mützen. Manche farbig umrandet, manche nicht. Barhäuptig ist keiner. Undenkbar.

Ein weiter Weg führt von den Salzsiedern und Kaufleuten und Klerikern des Mittelalters zu den Professoren und Studenten der Gegenwart, die auch ihr Wasser kochen müssen, um aus dem Bodensatz neue Erkenntnisse zu gewinnen. Das Gleichnis hat sich der Student nicht ausgedacht, es muss ihm aus einer Begrüßungsrede für die Erstsemester in Erinnerung sein, vielleicht war es auch keiner der Professoren, die sich so mit Salzsiedern verglichen sehen, sondern eher ein Vertreter der Stadt oder auch der Kirche, der es gebraucht hat. Er erinnert sich nicht genau. In seinem besten Anzug steht der Student in der Menge der Studenten und fühlt sich unwohl. Der akademischen Pracht dieses Anfangs hat er nichts entgegenzusetzen, Rektor und Dekan, Professorenschaft, alle in verschiedenfarbigen Talaren. Dann sitzt er im Hörsaal und erleidet unausgeschlafene Langeweile oder begeistertes Gedränge oder eine kaum zu füllende Leere, wenn der Gegenstand des Vortrags sich seinem Verständnis entzieht.

Manchmal fällt es dem Studenten schwer, sich an all das zu erinnern, was das Studium verspricht. Dann bedrückt ihn die fremde Stadt schon durch ihre Ausdehnung, in der es kaum Erholung vom Anblick der Steine gibt. Manche Häuser stehen schief und krumm an ebenso krummen und verwinkelten Straßen. Geschichtslos eigentlich. Erst ein Fluchtlinienplan nach dem neuen preußischen Gesetz von 1875 brächte hier eine Ordnung, die dann, als datierbarer Bruch mit dem Früheren, ganz geschichtlich wäre. Auch der Pfarrer freilich steht später mit Jahreszahlen auf dem Kriegsfuß und vertraut sich lieber dem dreijährigen Kreislauf der Bibelstellen an, die zuverlässig wiederkehren lassen, was bei jedem Umlauf wieder nicht ganz zu begreifen oder wenigstens zu erklären ist. Da geht es nicht um Jahreszahlen, sondern um Geschichte als Übermacht des Vergangenen, die nur die eine, ewige Gegenwart zulässt.

Wenige Tage, nachdem feierlich die erste Pferdestraßenbahn in Halle eröffnet worden ist, kommt der Student am Bahnhof an. Er kann der Versuchung nicht widerstehen, mit der Pferdebahn zur Universität zu fahren, die gerade noch vor dem Bahnhof wartet. Seinen Schnappsack eng an den Leib gepresst, erkämpft er sich einen Platz auf dem Trittbrett der hinteren Plattform. Vorn beim Wagenführer ist der Zahlkasten, in die er das Fahrgeld einwerfen sollte, aber dort ist auf dem Trittbrett schon kein Platz mehr, außerdem weiß er noch nicht, dass es hier keinen Schaffner gibt. So fährt er eben unschuldig schwarz. Er verschafft sich einen Halt und sieht ruckartig bewegte Bilder, die ihm unerhört modern vorkommen, großstädtisch eben. Der Wagen ist übervoll mit jungen Leuten wie ihm, die mit dem Zug aus Magdeburg gekommen sind. Auch andere hoffen, in der Nähe der Universität eine Unterkunft zu finden. Im Zug ist ihm die Zahl der jungen Leute nicht so groß erschienen. Vielleicht liegt es daran, dass der Pferdebahnwaggon so klein ist. Wenigstens steigen am Markt ein paar Leute aus. Jetzt ist es nicht mehr weit.

Der Platz um den Roten Turm beeindruckt den Studenten mit einer Weitläufigkeit, die es trotzdem nicht leichter macht, ihn wiederzufinden, denn die Straßen in Halle verraten nicht, wo sie hinführen. So folgt er in den ersten Wochen lieber den Gleisen der Straßenbahn, ehe er anfängt sich zurechtzufinden. Auch der neue Stadtteil oberhalb des Stadtwalls und der Universität ist nicht übersichtlicher angelegt. Das Gelände der Stadt scheint in einer starken Wellenbewegung plötzlich erstarrt zu sein, die nur unten an der Saale und im Viertel der Salzsieder etwas zur Ruhe kommt. Dieses Auf und Ab der Straßen kommt ihm unerhört vor. Modern ist das zwar nicht, aber es entspricht nicht der Gegend, aus der er herkommt. Dort ist alles ziemlich eben, auch auf der sanften Höhe, der die

Wische mit der Kleinstadt Seehausen vorgelagert ist. Alles, das prägt sich ihm auf dieser ersten Fahrt mit einer Straßenbahn tief ein, muss er in Halle neu lernen, wobei ihm bald aufgeht, dass er vor allem lernen muss, was er alles noch gar nicht wissen und daher auch nicht im Neuen verlernen kann.

Flüchtig fragt der Student sich, wie ein Pferd die Last des überladenen Waggons überhaupt ziehen kann, vielleicht sind es doch zwei, das hat er beim Aufspringen nicht recht gesehen. Aber am Leipziger Turm sieht er eine andere Bahn am Stadtwall warten, bis die Schienen zum Bahnhof frei sind, der wirklich nur ein Pferd vorgespannt ist. Die Schienen mögen es erleichtern, eine solche Last zu ziehen, aber ein Pferd hier in der Stadt möchte er nicht sein. Auf dem Land geht es den Tieren besser als den Menschen, einmal abgesehen davon, dass sie selten eines natürlichen Todes sterben. Dort stehen die Leute zum Tod in einem vertraulicheren Verhältnis. In der Stadt scheint er sich den Menschen schon zu entfremden, einen Ausnahmezustand zu bedeuten, statt ihren Alltag zu durchdringen. Wer einen Namen hat und im Adressbuch steht, stirbt oft nicht mehr zuhause. In der Stadt spricht sich der Tod nicht so schnell herum wie auf dem Land. Die Tageszeitung lebt von Todesanzeigen, die dort niemand braucht.

Während nicht nur der Tod der Tiere auf dem Land überall und selbstverständlich geschieht, versteckt er sich in der Stadt im Schlachthof, im Krankenhaus und auf Friedhöfen, die außerhalb der Altstadt liegen, eigene Stadtviertel, von hohen Mauern umgeben. Da muss der Student sich erst einmal hineindenken. Mit der Pferdebahn verändert sich auch die Bewegung von einem Ort zum andern. Allein das Warten am Straßenrand schafft neue Eindrücke. Seltsam ist, dass es so gar keine Rolle spielt, ob er das Gesicht des Pferdebahnkutschers erkennt oder nicht. Mitnehmen muss er ihn so oder so, sofern er zahlen kann.

Da der Student sein Geld unter den Augen der anderen Fahrgäste in den Zahlkasten einwirft, traut er sich gar nicht, die Pferdebahngesellschaft zu betrügen. Daran, dass er es als Theologiestudent ohnehin nicht tun sollte, denkt er weniger. Er tut es nicht, weil er nicht in eine bodenlose Verlegenheit geraten möchte. Mit Moral hat das nichts zu tun, nur mit der Furcht vor einer Scham, die ihm niemand vorschreibt, die einfach immer da ist.

Der Student lebt hoch oben in einer Mansarde in einem zwei oder drei Jahrhunderte alten Fachwerkhaus. Von der Dachgaube seiner Dienstbotenkammer aus blickt er auf eine Dachrinne hinunter, die schon lang nicht mehr gründlich gesäubert worden ist. Im Frühjahr blüht dort der Löwenzahn, aber das sieht die Hauswirtin nicht. Die Treppe in die drei übereinandergeschichteten Dachgeschosse ist ihr viel zu steil. Er mag es auch nicht, so hoch zu wohnen, aber wenigstens muss er nur zur Küche im oberen Wohngeschoss hinuntersteigen, um daneben im Plumpsklo seinen Nachttopf auszuleeren. In anderen alten Häusern gibt es so etwas nicht, da liegt der Abort im Hof. Hier bleibt er immerhin trocken, wenn er seinen Nachttopf die steile Treppe hinunterträgt.

Morgens muss das Dienstmädchen, das in der Mansarde nebenan schläft, im Kittel die finstere Treppe hinuntersteigen, um den Küchenherd zu befeuern und Wasser für den Kaffee aufzusetzen. Das dauert lang genug, damit es noch einmal auf seine Kammer gehen und sich ankleiden kann. Vorher klopft es an die Tür ihres Nachbarn, was eigentlich unnötig ist, denn durch die untapezierte Bretterwand hört er alles, was in der anderen Kammer vor sich geht. In der Küche gibt es ein Frühstück für ihn. Der Kaffee wird kalt, wenn er sich mit dem Aufstehen nicht beeilt. An manchen Tagen ist das zuviel verlangt.

Im Winter, wenn es in seiner Kammer ganz dunkel ist, muss er außerdem erst auf sein Bett knien, um durch das Astloch hinter dem Spiegel zu schauen. Im Licht eines Kerzenstumpfs ist eher zu erahnen als zu sehen, was ihm seine Phantasie ergänzt.

Nachts hört der Student manchmal, wie nebenan Besuch kommt, wagt es aber nicht, etwas zu den Geräuschen zu sagen, die ihn wachhalten. Durch das Astloch schaut er dann auch nicht, weil er fürchtet entdeckt zu werden. Im dritten Jahr bleibt die Kammer leer. Einmal begegnet er hinter dem Bahnhof dem Dienstmädchen wieder, das jetzt besser gekleidet ist als früher, aber sein Gesicht ist leer. Er versucht unbemerkt zu bleiben und weiß nicht, ob ihm das gelingt, jedenfalls wirft ihm sein Gedächtnis nicht die Begegnung selbst vor, sondern diesen Wunsch, nicht erkannt zu werden. Dabei weiß er doch, was um diese Zeit hinter dem Bahnhof los ist. Darüber redet niemand, außer beim Bier und unter Männern.

Zu seinem Frühstück bekommt der Student einen Becher Kaffee und ein Butterbrot, das muss reichen. Sonntags sind Rosinen im Brot. Selbst kochen kann er nicht, aber wenn er ein Ei vorweist, bekommt er es gebraten oder gekocht, je nach Laune des Dienstmädchens, die meistens nicht so gut ist, wenn sie ihn wieder nicht hat schlafen lassen. Ihr Arbeitstag ist lang und lässt nächtlichen Besuch kaum zu. Einen Nachmittag in der Woche hat sie frei, aber dann erwartet die Wirtin auch, dass sie zeitig zurückkommt, um wenigstens teilweise nachzuholen, was sie versäumt hat. Er geht täglich mit ihr um, aber ihr Gesicht prägt sich Hermann erst ein, als er ihr hinter dem Bahnhof unerwartet begegnet. Kein Anzeichen verrät, dass sie ihn erkennt.

Schatz.

Das Wort trifft den *Flaneur* wie eine Ohrfeige. Natürlich

geht er bloß spazieren, lässt sich treiben, hat nichts bestimmtes vor, doch trägt er seinen guten Anzug und einen Strohhut mit seidenem Band. Eigentlich gehört ein Stöckchen zu der Ausrüstung, passend zum Hut, aber nicht zu seinem allzu sonntäglichen Anzug, daher wagt er es auch nicht, sich eines zuzulegen. Zu teuer wäre es ohnehin.

Alle Studenten wissen, was ein Flaneur ist, nämlich ein Mann, der überall hingehen kann und dabei eine gute Figur macht, ganz gleich, ob es düster oder hell um ihn zugeht. Haben sie das nicht im fortgeschrittenen Französischunterricht gelernt, dann genügt es schon, gelegentlich Zeitung zu lesen und mit zwanzig oder dreißig Jahren Verspätung das neueste aus Paris zur Kenntnis zu nehmen, das dort vielleicht längst nicht mehr auf der Tagesordnung steht. Mit Fremdworten ist es eben so eine Sache, vor allem in einem späteren Jahrhundert, als dieses Wort längst zu etwas geadelt ist, dem keiner die Herkunft aus einer männlichen Halbwelt noch ansieht.

Die Vorstellung, überall hingehen zu können, auf keine Eindrücke verzichten zu müssen, nirgends angerempelt zu werden, unangreifbar zu sein, die zum Flaneur hinzugehört, kann schon ein einziges Wort zerstören. Vorausgesetzt, der Flaneur ist weit entfernt davon, ein Dandy zu sein.

Schatz.

Jetzt will der Student nur noch das Weite suchen, aber dieses leere Gesicht, dem er seine Wünsche bekennen soll, lässt ihn stolpern und hält ihn fest. Er erinnert sich an ihren Arm, mit dem sie sich bei ihm unterhakt, immer noch ganz ohne ein Zeichen des Wiedererkennens, bis sie zusammen um eine Hausecke herum in einen dunklen Hof eintreten. Da macht sie sich los. Na, sagt sie, was macht die alte Hexe? Sagen Sie ihr, dass es mir bestens geht.

Bestens.

Das Gesicht bleibt so leer wie zuvor, aber jetzt erscheint es dem Studenten so, als ob eine Anspannung darinliegt. An den Schläfen sieht er eine kleine Verfärbung. Frauen dürfen nicht flanieren, denkt er, das kommt davon. Ich werde es ihr sagen. Er tritt einen Schritt zurück. Einen Groschen fürs reden, sagt sie, komm, damit mein Freund nicht böse wird. Er greift in seine Jackentasche und gibt ihr, was er darin findet. Dafür hättest Du ruhig mehr verlangen können. Einen Kuss hätte er gewollt, sagt er, aber den gibt sie ihm nicht. Du hast keine Ahnung. Sie dreht sich um und geht.

Vom Altan auf dem Dach der Franckeschen Stiftungen geht der Blick über die ganze Stadt. Wie das Kajütendeck eines Segelschiffs schwebt der Altan über die Hausdächer dahin. Der Student kommt lieber allein hier herauf, selten genug, denn er scheut sich, kein Trinkgeld für den Aufseher übrig zu haben. Mit anderen Kommilitonen von der Palaeomarchia ist er dort hinaufgestiegen, um einen Geburtstag gebührend zu krönen, nicht den seinen, das könnte er sich nicht leisten. Eine Feldflasche mit Schnaps geht verstohlen herum. Der Aufseher, der sie gutwillig hinaufgelassen hat, soll sie nicht bemerken. Der Student trinkt nur einen winzigen Schluck und schaut dabei von den anderen weg nach Westen, in einen tieforangenen Sonnenuntergang hinein, der mit der Gegend und der Stadt nichts zu tun hat. Auf den Planken des Altans fühlt er sich einer Ferne nah, in die er zu Fuß hineingehen will, um nicht zusammengedrängt in Eisenbahn- oder Kutschabteilen das Gefühl für sie zu verlieren.

Das Gefühl der Ferne muss erhalten bleiben, sonst löst sich das für die Herkunft auf und gibt es keine Rückkehr, so stellt er es sich jedenfalls vor, weil die Ferne nicht Ferne bleibt, sondern Nähe wird und das ehemals Nahe verschlingt.

Mit den Kommilitonen spricht der Student nicht über solche Gefühle. Wie er selbst versuchen sie alle, sich als männlich zu beweisen und nur dann Gefühle auszusprechen, wenn sie zum Anschein der Männlichkeit beitragen. Übertreibung erscheint allen verdächtig, daher tragen sie auch lieber nicht zu dick auf, wenn es ums Vaterland und dergleichen geht, jedenfalls für damalige Verhältnisse. Dankbar leihen sie bei Heine die eine oder andere Ironie. Die Löwen hat er seinerzeit auch besungen, als sie noch als Marktlöwen beim Marktbrunnen lagen:

> *Zu Halle auf dem Markt,*
> *Da stehn zwei große Löwen.*
> *Ei, du hallischer Löwentrotz,*
> *Wie hat man dich gezähmet!*

Lange genug ist das her und längst ins patriotische Repertoire eingegangen, als hätten die Enkel ihren Heine erst richtig verstanden, was eigentlich dann doch wieder nicht sein kann. Bei Studenten und Professoren hat er jedenfalls ein Ansehen, wenigstens einer der letzteren ist selbst 1848 aus Berlin ausgewiesen worden, Rudolf Haym, der Feind Hegels und nun auch schon preußischer Ordensträger, wenn auch erst IV. oder doch schon III. Klasse. Aber zu den Professoren lässt sich nur ausnahmsweise ein persönliches Verhältnis gewinnen.

Umgang hat der Student vor allem mit anderen Altmärkern, die auch nicht aus Verhältnissen stammen, die zu Höhenflügen veranlassen, selbst wenn sie besser dran sind als er. Von Adel sind sie jedenfalls nicht. Für Söhne aus dem Adel oder den besitzenden Kreisen der Altmark gibt es eine andere Verbindung, die ebenfalls Palaeomarchia heißt, aber älter ist, ein Corps, keine Landsmannschaft. Zu dessen bürgerlichen Mitgliedern gehören auch Juden. Längst sind sie alte Herren, die einmal im Jahr zum Stiftungsfest erscheinen und das Corps bis an ihr Lebensende unterstützen. Ihnen hält diese Palaeomarchia die Treue, als die NS-Studentenschaft ihren Ausschluss verlangt und das Corps, wie alle Studentenverbindungen in Deutschland, verboten wird. Das liegt in einer gar nicht so fernen Zukunft und deutet darauf hin, dass es bei solchen Studentenverbindungen doch auch um Menschlichkeit und nicht bloß um Männlichkeit gegangen sein muss, wobei von der Landsmannschaft Palaeomarchia, deren Mitglied Hermann ist, Vergleichbares nicht berichtet werden kann.

Den Studenten hilft es, zweimal in der Woche einen zugegebenermaßen bierseligen und gelegentlich schmerzhaften Rückhalt aneinander zu finden. Schmerzhaft, denn beide Verbindungen, die für die besseren Kreise und die andere, weniger begüterte, sind schlagend, das heißt, ihre Mitglieder fechten auf der Mensur bis aufs Blut. Ein Blutstropfen genügt, ein Schnitt im Gesicht, aus dem eine Narbe werden soll, die wenigstens die Männlichkeit des Unterlegenen beweist. Gerade wer insgeheim an seinem Mannsein zweifelt, kann in diesem kurzen Augenblick des Schmerzes einen Vorzug erblicken, keinen Nachteil. Darüber freilich reden die Studenten nicht, so wie Männer überhaupt kaum über Dinge reden, die wirklich wichtig sind. Die Entfernung von den Orten der Herkunft macht ihnen zu schaffen, bei allen Freiheiten, die sie auch herstellt. Aber aus Freiheiten entstehen Gewohnheiten und neue Zwänge, die den Atem einengen, vor allem wenn sie mehr kosten, als dafür abgezweigt werden kann. Schulden machen lässt sich, jedenfalls behaupten es viele, gar nicht vermeiden, was nicht ganz falsch ist, aber auch eine Entschuldigung für Grausamkeiten, die jeder begeht, ohne sie am Ende ausbaden zu müssen. Mahnende Briefe lassen sich ertragen.

Schlimmer ist die Sache mit dem Wintermantel des Vaters, der erst ausgelöst werden kann, als es schon richtig kalt geworden ist. Davon erfährt die Mutter nichts, denn den alten Mantel zu versetzen ist mehr als eine Ungehörigkeit. Sie hat ihn immer aufgehoben, um den Sohn einmal darin einkleiden zu können, irgendwann, wenn er alt genug ist, den Vater zu ersetzen. Der dunkelblaue Mantel aus englischem Stoff ist halblang und gehört zu einer Landwehruniform. Das fällt nicht mehr weiter auf, da die Schulterstücke abgetrennt sind. Die Mutter verwahrt sie in einer Schachtel. Eine Litewka also. Vielleicht hat schon der Großvater sie getragen. Als Hermann sie zum ersten Mal anzieht und sich der Mutter damit zeigt, steigen ihm vom Geruch des Mottenpulvers die Tränen in die Augen. Sie sieht es gerührt. Am Schnitt der Litewka hat sich seit den Befreiungskriegen nichts geändert. Viel hat der Vater sonst nicht hinterlassen. Fünfzig Jahre alt ist er geworden. Im Winter, wenn er den Mantel des Vaters nun trägt, kleidet der Student sich mit der Familiengeschichte ein. Dabei weiß er nicht viel von Vater und Großvater, ganz zu schweigen von den Früheren, denn die Erinnerung der Mutter an die Vatersfamilie geht kaum vor ihre Heirat zurück. Von ihren Eltern und den Verwandten in Schnackenburg hat er mehr gehört. Aber Schnackenburg liegt von der Altmark aus gesehen hinter einer Grenze, am Rand des Wendlands, weit weg.

Was einer an die Universität und in die fremde Stadt Halle mitgebracht hat, weiß er erst hinterher genau. Darauf kommt es mehr an als auf das Neue, das dem Studenten in der Stadt und bei den Vorlesungen begegnet, die er nur aufnehmen kann, wenn es ihm gelingt, ihren Stoff mit dem Mitgebrachten zu verbinden. Am schwersten fällt ihm das bei der Theologie, die alles kompliziert, was er von seiner Konfession und ihrer Kirche schon weiß. Langsam gewöhnt er sich an diesen Abstand zwischen Studium und späterer Praxis, den er vielleicht nie wird überbrücken müssen, denn schafft er das, dann kommt er zwar mit Theologen ins Gespräch, aber mit keiner Gemeinde, die er sich vorstellen kann. Natürlich ist auch das ein theologischer Gedanke, aber keiner aus dem Prüfungsstoff eines Studenten in Halle 1888. Prüfungen haben es so an sich, dass sie dem Fach, für das sie eine Hürde bilden, immer ein halbes Jahrhundert nachhinken. Auch ganz fortschrittliche Prüfer können sich dem nicht entziehen.

III

Magdeburg und Wittenberge

Laut sprechen. Ungeniert ins Leere reden. Am Sonntagfrüh um acht ist die Ulrichskirche halbleer. Die Richter sind im Raum verteilt, um die Stimmstärke des Kandidaten beurteilen zu können. Sie kennen ihn nur aus der Akte, die sie nicht beeindruckt. Sein Wunsch, sich über das Volk zu erheben, wenn sie überhaupt an seine persönliche Lage denken, erfüllt sie eher mit Misstrauen. Ein Pastor muss laut sprechen, von oben nach unten, aber der Kandidat weiß, dass er sie aus der Höhe seiner Kanzel ganz von unten anredet. Er redet Richter an, die ihn hindern, unmittelbar zu einem verständnisvollen Gott zu gelangen, den unversöhnliche Wolken verbergen. Muss der Gottesdienst nicht in eine Freude münden? Heute morgen zeigt die Freude sich abwesend, was umso notwendiger ist, als der Kandidat um keinen Preis mit einem Enthusiasten verwechselt werden darf. Die Predigt erfüllt in den Augen der Richter einen strengen Zweck, der von keinem individuellen Genuss angeschmutzt werden darf. Er nimmt alle seine Kräfte zusammen, um seine Stimme zu erheben, ohne ihr unziemliche Gefühle aufzuprägen. Die Richter scheinen eingenickt zu sein. Schon weiß er nicht mehr, was er sagt, alles ist derart gründlich überlegt, sein Superintendent, der unbedingt möchte, dass er die Prüfung besteht, hat den Text noch einmal durchgesehen, so dass er sich an gar niemanden mehr richtet.

Dem Kandidaten begegnen die Richter als Auswüchse des Leviathan, des Staates, des gesichtslosen Herrschers, einfache Glieder eines dauernd neu zusammengesetzten Körpers. So füllt die Leere sich mit den Fangarmen einer Macht, die ihn fast beruhigt, da keine Person darin mehr ist als das Organ und Glied eines ungreifbaren und höheren Wesens. Seine Hoffnungen und Erwartungen an sie zu richten nützt also gar nichts. Mit einem Mal wird seine Stimme sicherer, unverfängliche Aussagen gewinnen eine gewisse Kraft, denn er gibt einem Auftrag nach, der ihm zuwider ist, den er aber erfüllen muss, nämlich selbst wie eine Funktion des Leviathan aufzutreten, ohne sich als Einzelwesen geltend zu machen. In Wirklichkeit ist er gar nicht sicher eines zu sein. So ist er niemand mehr und als Niemand trägt er eine Maske. Als Einzelner wäre er unmaskiert. Mit einem Mal bringt ihm die Prüfung eine neue Sicherheit. Er versteht, dass jede Rede eine Maske trägt. Wird er Pastor, was noch nicht sicher ist, so wird er also seine Funktion als Niemand ausüben müssen, das heißt ohne als Einzelner Teil daran zu haben. Tut er das, so entgeht er zugleich dem Misstrauen seiner Vorgesetzten und seiner Gemeinde, die sich nur ausnahmsweise etwas Unbestimmtes erwartet, das über die vorgeschriebene Rede hinausgeht. Sicher wird man die eine oder andere Eigenart hinnehmen, wie er sie bei seinen zukünftigen Kollegen beobachtet hat. Die einen geben sich den Anschein des Cholerischen, andere scheinen still und heimlich Blumen am Feldrain zu pflücken. Derart Charakter zu zeigen ist erlaubt.

Der Kandidat fühlt sich nun ganz erleichtert. Die Richter spüren das. Er kommt durch, aber eine Klausur fehlt ihm doch noch, ehe er die zweite theologische Prüfung in Magdeburg bestanden hat und sich um ein Pfarramt bewerben darf. Die Stimmung bei diesen Prüfungen, von denen er die erste in Halle schon abgelegt hat, unterscheidet sich sehr von denen im Studium. An der Universität ist nichts ein bloßer Verwaltungsakt, vor allem hat sie bei allem Pomp von Rektor, Fakultäten und Professoren nichts Hoheitliches an sich. Außerdem hat Magdeburg einen ganz anderen Charakter als Halle. Zur

Zeit Luthers erwirbt die Stadt sich den Beinamen *Unseres Herrgotts Kanzlei* als Ausdruck eines halsstarrigen Luthertums, das sich in der Ulrichskirche verkörpert. Hier eine Probepredigt halten zu dürfen oder zu müssen schüchtert ein. Da er dafür eingeteilt ist, übernachtet er während der Tage der theologischen Prüfung dort im Pfarrhaus. Ins Gespräch kommt er mit dem Pfarrer nicht. Der tritt auf, als seien alle seine Vorfahren bis auf Luther zurück schon Pfarrer gewesen.

Hermann fühlt sich als Emporkömmling und fragt sich, ob der freundliche Superintendent in Seehausen sich hier ebenso eingeschüchtert fühlen würde, vor allem wegen des Namens, den der Pfarrer der Ulrichskirche vor sich herträgt. Ganz sicher ist er sich nicht, meint aber doch, einem Namen schon in dem Roman begegnet zu sein, den Wilhelm Raabe der Stadt Magdeburg gewidmet hat. Nicht um dessen fast restlose Zerstörung im dreißigjährigen Krieg geht es da, sondern um den entschiedenen Widerstand, den Magdeburg im Jahre 1550 dem Kaiser und dem eigenen Landesherrn leistet. Die Zerstörung durch die kaiserlichen Feldherrn Tilly und Pappenheim 1631 freilich prägt die Stimmung der zögernd wiederaufgebauten Stadt, die zunächst fast menschenleer ist und erst als moderne Industriestadt wieder zu sich kommt. In Halle ist das ganz anders, da leistet die alte Stadt der Industrialisierung einen hinhaltenden, auf alten Hausbesitz gegründeten Widerstand. So ähnelt Magdeburg viel kleineren, gleich vergewaltigten Orten, die nur unbekannt geblieben sind. Zwar kennt der Kandidat das aus der Altmark, dennoch oder gerade deshalb wird er sich mit Magdeburg nie anfreunden. Als ihm daher am 10. April 1888 das Zeugnis ausgehändigt wird, hält ihn dort eigentlich nichts mehr.

Seinen Koffer hat der Kandidat schon morgens als Gepäck nach Seehausen aufgegeben, obwohl es vom Konsistorium am Dom nicht weit zum Elbebahnhof ist. Mittags hat er nur ein Butterbrot gegessen, das er sich beim Frühstück in ein Stück Fettpapier eingepackt hat, nicht ohne einen missbilligenden Blick der Haushälterin zu ernten. Eigentlich gönnt sie ihm nur ein winziges Stück Butter, winzig jedenfalls im Vergleich zu den Portionen, die in der Altmark auch bei armen Leuten üblich sind. Mitten am Nachmittag quält ihn jetzt ein Hunger, den er nicht auf den Holzbänken dritter Klasse auf der Fahrt zurück nach Seehausen mit sich tragen möchte. Statt zum Elbebahnhof hinunter wendet er sich also zur Breiten Straße hin, um dort ein Lokal zu suchen, in dem er um diese Zeit noch oder schon etwas zu Essen bekommt.

Im *Güldenen Weinfass* an der Breiten Straße kehrt er ein. Anders als der Name verspricht, findet Hermann sich nicht in einem der ältesten Häuser der Stadt, das die *Magdeburger Hochzeit* 1630 unversehrt überlebt hat, sondern in einem vorgestern in modernem, also neugotischen Style errichteten Neubau und einem Restaurant, keinem gut durchräucherten Wirtshaus. Allein die Garderobe in ihrer beeindruckenden Stacheligkeit lässt ihn um seine Barschaft fürchten. Aber er ist hungrig und schließlich ist es ein besonderer Tag. Der einzige Kellner führt ihn gleich an einen Tisch und nimmt sich in der Mittagsflaute aus purer Langeweile seiner an. Eine starke Scheibe Schweinebraten ist vom Mittagstisch noch übrig, ein Endstück zwar, das er dem jungen Mann aufwärmt, dazu buntes Gemüse und vorweg eine Zwiebelsuppe, die dem Löffel genug Widerstand leistet, um zufriedenstellend zu sein. Obwohl er nicht daran gewöhnt ist, Wein zum Essen zu trinken, bestellt Hermann ein großes Glas roten Saaleweins und dann noch eins, denn Zwiebelsuppe und Schweinebraten sind gut gewürzt und machen durstig. Das bunte Gemüse nimmt mehr durch die Bratensoße als von sich aus Geschmack an, was ihn nicht überrascht.

Eigentlich empfindet der Zwischendurchgast sein Alleinsein in der unbehaglichen Stadt nun nicht mehr als Nachteil. Im Grunde ist er in Seehausen fast nie alleine, wo ihn jede und jeder kennen muss, unbeobachtet schon gar nicht, was es auch erleichtert, schon aus Vorsicht, eine unauffällige Haltung zu wahren, die ihn manchmal beengt. Nicht dass er im *Güldenen Weinfass* freier atmet als an den vier oder fünf voraufgegangenen Prüfungstagen, das nicht, denn erkannt werden kann er auch hier, wenn auch nur von wenigen. Aber der Wein und das Essen lassen ihn mit einer Zufriedenheit aufatmen, die er festhalten möchte, wenigstens bis zur Heimfahrt, die er ruhig noch etwas hinausschieben kann. Da er aus Furcht vor der Zeche nichts mehr trinken möchte, macht er sich schließlich auf, nicht zum Elbebahnhof, aber doch zurück zum Domplatz. Lange schaut er an den beiden Türmen des Domes hinauf und versucht sich zu erinnern, welches von beiden der Glockenturm ist, denn einer der beiden Türme steht auf unsicherem Grund, nicht auf einem Felsen wie sein viel gewichtigerer Zwilling, der die Glocken trägt. Der schlecht gegründete Turm ist eigentlich nur eine Attrappe, mit dünnen Wänden und hölzernen Einbauten statt Gewölben. Das gelesen zu haben erzeugt in ihm ein Mitgefühl, das vielleicht vom ungefestigten Verhältnis zu seinem künftigen Pfarramt herrührt.

Dann beginnen die Domglocken den Abend einzuläuten. Das Gedröhn ist überwältigend, wobei er nicht ganz sicher sein kann, dass es der linke Turm ist, aus dem es zu ihm herunterschallt. Der linke müsste es sein, schon weil er sich vom Altar aus gesehen in der rechten Stirnseite des Doms verbirgt. Sie verkörpert das Neue Testament, während vom Altar aus gesehen links die Seite des Alten Testamentes ist, die schwächere, eigentlich abgetane, die doch alles trägt, was die andere enthält, so wie auch der schwächere Turm dennoch aufrecht stehenbleibt. Immerhin kann der Kandidat also *typologisch* denken, was er einer zurückliegenden Prüfung verdankt, bei der ihm die richtige Antwort fehlt, weil er den Begriff aus irgendeinem Grund nie gelernt hat. *Typologie.* Dabei gibt es kaum Grundlegenderes in der Theologie oder auch der Kunstgeschichte als diesen Begriff. Wie die Geschichte überhaupt, zieht die Kunstgeschichte ihn an, in der sich ebenfalls eine Glaubenskritik verbergen kann. Wie sehr das Theologiestudium eine Notlösung gewesen ist, wird ihm wieder sehr deutlich, als er in den Dom eintritt, dessen Architektur ihn als zukünftigen Pfarrer erheben sollte und doch nur bedrückt, denn seiner steinernen Gotik hat er nichts entgegenzusetzen. Aus Seehausen in der Altmark ist er an eine große Kirche gewöhnt, aber St. Petri besteht aus einer gewaltigen Masse von Ziegeln, aus Backsteinen, die sich zählen lassen, wenn der Blick im Gottesdienst an ihren mächtigen Säulen emporwandert. Dort ist jeder Stein gleich wichtig und in der Haut des Bauwerks zu sehen, wenn er dort vermauert ist. Im Inneren der Säulen mag aller möglicher Schutt mit Mörtel gemischt zu einer Art Beton erstarrt sein, aber außen kleiden schön abgerundete Ziegel das Innere ein und geben den Augen einen tröstlichen Halt.

Im fugenlos aufgemauerten Magdeburger Dom ist alles zu groß und übermächtig, bis auf die klugen und törichten Jungfrauen am Paradiesportal an seiner Nordseite, die der Kandidat eingehend studiert, ganz reizend auch die verdrießlichen oder vielleicht die ganz besonders, ehe er wieder ins Freie tritt, in eine beginnende Dunkelheit. Lichter zeigen sich in den Fenstern des Domplatzes. Jetzt ist immer noch genug Zeit bis zum letzten Zug nach Seehausen, also entfernt er sich wieder vom Bahnhof und folgt der Anhöhe in entgegengesetzter Richtung bis zur Liebfrauenkirche, um sich dann auf die Gassen einzulassen, die hinunter zu den Gleisen der Wittenberger, Leipziger und Halberstädter Bahn und zum Hafen führen. Die Prüfung liegt weit hinter ihm, er fühlt sich überhaupt von allem weit entfernt, das ihn einschränken könnte. Das späte Mittagessen hat seinen Hunger gestillt, aber ein Durst ist geblieben. An einer Straßenecke steht ein Gasthaus, das sich als bloße Schnapsbude oder noch verdächtigere Schenke entpuppt, aber da er sicher sein kann, hier kein Mitglied von Konsistorium oder Prüfungskommission anzutreffen, stellt er sich ans Ende der Theke und bestellt ein Bier. Vielleicht ist es aus pastoraltheologischer Sicht nicht einmal falsch, wenn er sich unter der Menschheit durchaus wohlfühlt, die hier verkehrt, so karg der Boden auch ist, den er hier bearbeiten könnte. Von der *inneren Mission* als Aufgabe hat er schon gehört, ohne sich so recht da hineinzudenken, trotz gewisser Erfahrungen beim Studium in Halle. So froh er auch ist, auf eine lebenslange Versorgung durch seine Kirche nun hoffen zu können, fühlt er doch eine zukünftige Beengung, von der er sich wenigstens einen Abend lang frei wissen will.

Das verbindet Hermann mit den Arbeitern und Dienstmädchen, Arbeitslosen und Damen, die er für vornehm halten könnte, weil sie besser gekleidet sind und allein an den Fensterplätzen sitzen. Stolz macht es ihn nicht gerade, dass er es besser weiß, auch kommt es ihm nicht mehr ganz ungefährlich vor, hier hängenzubleiben, noch ein Bier zu trinken und die Damen am Fenster zu betrachten, die manchmal nach draußen Zeichen geben, um sich ohne Eile zu erheben, ganz vornehm eben, während eine andere ihren Platz einnimmt, die an einem Tisch am Durchgang zur Küche sitzend nur auf den Wink dazu gewartet hat. Einer steht neben dem Kandidaten, der solche Winke gibt, die gar nicht misszuverstehen sind, aber das macht es nach dem dritten Bier nur umso erstrebenswerter, ein Gespräch mit dem Zeichengeber anzufangen. Auch er, so stellt sich rasch heraus, hat in Halle studiert und auf der Mensur gestanden, jedenfalls erklärt er so den tief eingenarbten Schnitt in seiner Wange. Einen so eindrucksvollen Schmiss hat Hermann noch selten gesehen. Die Rechte habe er studiert, sagt der Zeichengeber, das komme ihm seither immer wieder sehr zupass. Ein Jurist also, wobei Hermann vorsichtshalber darauf verzichtet, von Theologie anzufangen. Aber für Philologie scheint der andere sich auch nicht zu interessieren.

Der Zeichengeber behält die Tür im Auge, in der jetzt ein Schutzmann erscheint. Wir sehen uns später, sagt er herablassend, als der Uniformierte ihm einen Wink gibt, nicht ohne bei Hermann den Eindruck zu hinterlassen, genau ihn dabei besonders bemerkt zu haben. Vielleicht hat er schon zuviel getrunken, jedenfalls wartet er geduldig ab, dass der einzige Mensch zurückkommt, der ihn im Lauf des Tages eines Gesprächs gewürdigt hat. Das Gefühl für die Uhrzeit hat er verloren, um ihn herum wird es lebhafter, aber er hält sich an seinem Platz am Ende der Theke und bestellt noch ein Bier. Dann ist er ganz enttäuscht, als ihm der Bursche nur gleichgültig zunickt, um sich an den Tisch in der Ecke zu einem jungen Mädchen zu setzen, das noch wie ein Dienstmädchen aussieht.

Einigermaßen ernüchtert und da ihm siedendheiß der letzte Zug nach Seehausen einfällt, zahlt der Kandidat seine doch nicht gar so hohe Zeche, die ihm noch genug Geld für eine Übernachtung irgendwo beim Bahnhof übrigließe. Vom Elbebahnhof ist er ein Stück weit entfernt, aber so weit ist es auch nicht, nur müde fühlt er sich, als der Bummelzug schon lange abgefahren ist und er doch noch einmal auf den

Fahrplan der Wittenberger Bahn schaut. Einen Nachtzug von Leipzig nach Wittenberge mit Kurswagen nach dem Norden gibt es noch, der freilich nur in Stendal hält, weil er dort die Fahrtrichtung wechseln muss. Eine dritte Klasse gibt es in diesem Zug auch nicht, aber Sitzplätze zweiter Klasse schon, für die er einen Zuschlag zu seiner Rückfahrkarte dritter Klasse erwerben kann, der noch immer nicht seine ganze Barschaft verschlingt. Ihn beeindruckt es jedesmal, wie die Fahrkartenstempelpresse genau das auf die Fahrkarte druckt, was dort stehen muss, damit der Schaffner sie als gültigen Fahrschein anerkennt. Auch wundert ihn aufs Neue, wie viele unterschiedlich gefärbte und gemusterte Karten am Schalter verfügbar sein müssen, damit der Betrieb nicht ins Stocken kommt.

In Magdeburg hat der Nachtzug längeren Aufenthalt, der den Reisenden eine Stärkung am Büffet oder die Benutzung der *Retirade* erlaubt, wie es vornehm auf dem Hinweisschild heißt. Dorthin verfügt Hermann sich auch und geht dann erst durch die Sperre, an der die beiden daumengroßen Kärtchen, Rückfahrkarte und Zuschlag entwertet werden. Er steigt in ein leeres Abteil und beugt sich durch das Türfenster hinaus, um es zu verriegeln. Das Fenster schiebt er hoch, die Vorhänge zieht er zu, so hofft er ungestört zu bleiben und nicht womöglich mit sieben Mitreisenden geschlagen zu sein. Noch ehe der Zug sich in Bewegung setzt, dämmert er ein. In Stendal wird er kurz wach, weil die Abteiltür sich öffnet, aber müde, wie er ist, streckt er seine Beine wieder aus und schließt wieder die Augen. In Wittenberge wird der Nachtzug gegen zwei Uhr morgens ankommen. Von dort aus sind es etwa fünfzehn Kilometer oder gut zwei Stunden Fußmarsch nach Hause, über die Eisenbahnbrücke zurück nach Seehausen, aber das schreckt ihn nicht. Auf den Morgenzug nach Seehausen will er nicht warten.

Im Abteilfenster erscheint schemenhaft das Kastengitter der Brücke. Der Regen hat kurz hinter Magdeburg angefangen und seinen Schlaf eintönig begleitet. Er will einfach nicht aufhören. Bei der Steigung zur Deichkrone hinauf hat der Zug sich stark verlangsamt. Von der Elbe ist nur Dunkelheit zu sehen. Schon ist es zwei Uhr morgens. Bis um halb fünf wird der Kandidat jetzt in Wittenberge ausharren müssen, denn zu Fuß über die Brücke und im Regen bis nach Seehausen will er nun doch nicht gehen. So kommt er immer noch früher zuhause an als mit dem ersten Zug, der morgens von Magdeburg nach Norden fährt. Obwohl es unvernünftig war, bereut er es nicht, mit dem Nachtzug losgefahren zu sein, statt in Magdeburg eine Unterkunft zu suchen. Die Stadt hat er nie gemocht, seit er sie auf der Durchfahrt nach Halle zum ersten Mal gesehen hat. Warum er den Tag dort hat totschlagen müssen, erscheint ihm jetzt rätselhaft. Im Schritt fährt der Zug über den Bahnübergang, der von der Bahnhofstraße auf das Gelände des Bahnhofs führt. Die Bremsen der Waggons machen sich bemerkbar, aber ganz rücksichtsvoll, als solle der Schlaf der Reisenden nicht gestört werden.

In Wittenberge bleiben wenige Reisende am Bahnhof zurück. Manche haben es zu Fuß nicht weit, andere steigen in eine der Pferdedroschken, die noch auf den Nachtzug gewartet haben. Der Kandidat steht im Regen und zögert, ehe er auf den Eingang des Bahnhofslokals zusteuert, statt sich in den Wartesaal zu setzen. Am Eingang lässt er einer Dame ohne Gepäck den Vortritt, die er aus einem Sitzwagen erster Klasse hat aussteigen sehen. Sie lächelt ihn an, als er unsicher stehenbleibt. Nach seinem Tag in Magdeburg verwirrt ihn das erst recht. Darf ich Ihnen behilflich sein, fragt er, als ob ihn ihr Lächeln etwas anginge. Sie mustert ihn aus den Augenwinkeln und sagt, leisten Sie mir doch eine Weile Gesellschaft, damit mich niemand anders anspricht. Ich werde abgeholt.

An der Theke des Lokals stehen vier Männer, die sich beim Aufgehen der Tür einen Augenblick umwenden, um gleich wieder zu einem halblauten Gespräch zurückzukehren. Die Dame scheint ihnen bekannt zu sein. Ein halblautes Gelächter schallt herüber. Der schlaksige Nachtkellner mit schlechtsitzendem Frack wartet ab, bis die Neuankömmlinge einen Platz gefunden haben. An einem Tisch beim Ofen, in der Ecke des Raumes, die am weitesten vom Eingang entfernt ist, setzen der Kandidat und die Dame sich an die Seiten eines Vierertischs, so dass sie in den Raum hineinblicken und sich einander zuwenden müssten, um sich anzusehen. Ihr Profil kommt ihm immer weniger damenhaft vor, je genauer er ihre Kleidung betrachtet. Etwas zu glänzend ist der Stoff, aber vielleicht ist das in der Großstadt so Mode, in Berlin oder womöglich in Hamburg, wo er alles für möglich hält, denn dort ist er noch nie gewesen. Mit einem vorübergehenden Unbehagen erinnert er sich daran, dass er nun kein Student mehr ist, also gut daran täte, nicht hier zu sitzen, auch wenn ihm das nach dem Erlebnis in Magdeburg jetzt ganz harmlos und unschuldig vorkommt.

Die junge Frau jedenfalls wünscht ein Glas Tee und er möchte eigentlich auch nichts anderes, bestellt aber einen Schluck, einen Klaren, wie um sich eine Contenance zu geben. Sie lächelt ein wenig. Als der Kellner die Getränke bringt, zückt sie ihr Portemonnaie und bezahlt, was dem Kandidaten einen erstaunten Seitenblick einbringt. Erst später merkt er, dass sie für ihn mitbezahlt hat. Schweigend sitzt sie da, ganz gelassen und ohne ein Anzeichen von Unruhe. Er bewundert sie dafür, sagt er sich, ohne ihren eindrucksvoll gewölbten Busen ganz zu übersehen. So jung ist sie wohl nicht mehr, jedenfalls nicht jünger als er selbst. Ihr Kleid schimmert grünlich. Er weiß nicht, was er sie fragen könnte, ohne zudringlich zu wirken, also schweigt er. Alles liegt ihm auf der Zunge, was er in Magdeburg erlebt hat und niemandem erzählen sollte, denn nach seiner kirchlichen Prüfung ist das wohl nicht mehr statthaft. Mit seinem Schluck netzt er bloß seine Lippen. Auch den hätte er besser nicht bestellt.

Morgens ganz früh nimmt der Kandidat den ersten Bummelzug und ist eine halbe Stunde später in Seehausen. Das Gepäcklokal ist schon geöffnet. Er nimmt seinen Koffer in Empfang und macht sich langsam auf den Weg ins Städtchen. In den Straßen ist vereinzelt Bewegung. Am Schwippbogen wird die Schnapsbude schon geöffnet haben, aber dort gesehen zu werden wäre unausdenkbar in seinen Folgen. Durst hat er ohnehin keinen mehr. Nach Hause will er trotzdem nicht gehen und beschließt, eine Weile in der Petrikirche zu sitzen und nachzudenken. Zum Einschlafen sind die Kirchenbänke zu unbequem, außerdem ist es noch winterlich kalt dort. Wo die Schlüssel hängen, weiß er, aber natürlich ist die Kirche nicht abgeschlossen, warum auch. Zum Frühstück erscheint er pünktlich. Das Gespräch mit der Mutter, die bis tief in die Nacht auf ihn gewartet hat, betrübt ihn dann zwar etwas, aber er ist noch viel zu sehr mit den widersprüchlichen Erfahrungen des Tages in Magdeburg und der langen Nacht danach beschäftigt, als dass er sich davon allzusehr beeindrucken ließe.

IV

Halle, Karlstraße 7, II. Etage

Ein Semester lang, im Sommer 1883, hat der Student das Glück, dienstags zum Freitisch bei Professor Gosche eingeladen zu sein. Das Haus mit Vorgarten im neuen Stadtviertel bei der Universitätsbibliothek macht ihm schon deshalb Eindruck, weil alles hier ganz modern ist, vom Gipsstuck der Fassade bis zu den gusseisernen Geländern des Treppenhauses. Der Freitisch ist ein Beitrag, den das besitzende Bürgertum zum universitären Leben leistet, wobei der Hausbesitzer Gosche zu beidem gehört.

Noch kann der Student es nicht ganz fassen, dass er ausgerechnet dem beliebtesten Mitglied der philosophischen Fakultät zugelost worden ist. Ein Glücksfall, denn gewöhnlich sind es Ärzte, Juristen oder Fabrikanten, die sich einen Studenten zum Mittagstisch laden, nicht selten aus dem naheliegenden Grund, dass sie Töchter im heiratsfähigen Alter besitzen. Bei Gosches ist das auch der Fall, aber nichts läge ihm ferner, als den Eheanbahner zu spielen. Seine Töchter sollen nicht durch Heirat verschlissen werden, sofern sie ein Leben als Hausfrau einer begrenzten Freiheit nicht doch vorziehen, was er nicht öffentlich sagt, aber seine liberalen Ansichten sind bekannt, da er sie gelegentlich im kleinen Kreis empfiehlt. So gefällt ihm an Moses Mendelssohn nur eines nicht, dass er nämlich seine Töchter ungefragt verheiratet hat, mit wenig ermutigendem Ergebnis.

Den Student erleichtert diese Haltung, da er sich selbst ganz und gar nicht als heiratsfähig empfindet, wenigstens in finanzieller Hinsicht.

Richard Gosche hat ein kühnes, fast weiblich anmutendes Profil, einen wehenden Haarschopf, als bewege ihn ein stetiger Strom von Gedanken. Er ist eine öffentliche Gestalt wie wenige seiner Kollegen. Der Student, der sich beim ersten Mal fast verspätet hat, sieht ihn beim Mittagstisch mit Frau und drei Töchtern und einem dunkelhäutigen Gast, der wohl aus Abessinien stammt oder einer ähnlich entlegenen Gegend. Den bittet der Professor, das Tischgebet in seiner Sprache zu sprechen, es klingt wie Arabisch, aber vielleicht ist es auch Äthiopisch, jedenfalls scheinen alle den Text zu kennen. Vielleicht ist der Gast schon ein paar Tage da und sie haben die fremden Worte nachzusprechen gelernt. Der Student murmelt mit, was ihm einen verständnisvollen Blick des Professors einträgt. Fast überdeckt das Staunen über den Tischgenossen und das fremde Gebet die Ehrfurcht gegenüber dem großen Mann, der nach ein paar freundlichen Worten, die er nun an den Studenten richtet, ein Gespräch fortzusetzen scheint, das er vor dem Essen mit seiner Tochter Agnes angefangen hat.

Während er die Suppe auslöffelt, die wie eine altmärkische Hochzeitssuppe aussieht, aber einen unverständlichen französischen Namen trägt, wundert der Student sich über die Freiheit, mit der die Tochter dem Vater widerspricht, der sich auch noch darüber zu freuen scheint, wie entschieden sie das tut. Nein, hoher Herr, sagt Agnes, auf ein zu hohes Ross darfst Du Dich nicht setzen, auch wenn der Mörike Dir auf einem sehr hohen Ross entgegenkommt. Ich weiß, dass es Dich ärgert, wie er Dir seine famose Zentralheizung erklärt, als seist Du ein dummer Tölpel, aber er kennt eben nichts anderes. Außerdem will er Dich so auf die Palme bringen, dass Du ihn hinauswirfst und es ihm leicht machst, über Deine Beschwerden hinwegzugehen. Das will er doch nur erreichen. Dann macht er Dich wieder beim Bier in der Tulpe nach und lächerlich, während wir vorübergehen müssen, statt auch dort einzukehren und in Ruhe unseren Kaffee zu trinken. Sie redet Schriftdeutsch wie eine Lehrerin, denkt der Student, natürlich, denn sie unterrichtet an der höheren Mädchenschule und hätte Aussicht auf eine wissenschaftliche Laufbahn, wäre sie keine Frau. *Zentralheizung.* Ein neues Wort, das er noch nie gehört hat, jedenfalls nicht in einer privaten Wohnung beim Mittagstisch.

Der Student kennt nur Öfen und den Kohlenkasten im Flur und das Aschehinaustragen zum Plumpsklo hinter dem Haus, damit es dort nicht so stinkt. Riecht, verbessert ihn die Mutter, die immer auf seine Ausdrucksweise achtet. Als Pfarrer wirst Du auch nicht davon reden können, dass es irgendwo stinkt, das darf ein Pfarrer nicht sagen. Er weiß es besser, widerspricht aber nicht und merkt mit einem Mal, wie der Professor ihm zuzwinkert. Fräulein Agnes, Du bist meine beste Schülerin, lächelt er seine Tochter an, immer frei heraus, sag einfach, dass ich viel zu klug sein sollte, um so wütend zu werden. Stirnrunzelnd schaut das Fräulein den Studenten an, der um ein Haar dabei zusammenzuckt, aber schon lacht sie auch und wendet sich an ihre ältere Schwester und erkundigt sich nach ihrer Müdigkeit oder ob es ihr heute besser geht. Mein Arbeitszimmer liegt über der Hauseinfahrt, sagt Gosche, deshalb wird es nie richtig warm, vor allem nachts, wenn ich die Wärme am meisten brauche. Noch zusätzlich einen Kachelofen einzubauen hieße, dass ich weniger Platz für meine Bücher hätte. Das ärgert mich eben, soll Sie aber nicht davon abhalten, das Essen zu genießen.

Eine Zentralheizung gibt es in Seehausen nicht, da ist der Student sich sicher und schweigt lieber. Immerhin, so beiläufig, wie das Tischgespräch sich hier entwickelt, fühlt er sich darin eingeschlossen. So wird es jedesmal sein, das ganze Sommersemester hindurch, auch wenn manchmal die Stimmung verschattet ist, weil die älteste Tochter beim Essen fehlt. Das wiederum kennt er aus der Kleinstadt und von den Dörfern, dass hier und da junge Leute wie er selbst einfach zu schwinden anfangen, ohne dass ein Arzt dagegen etwas ausrichten könnte. Agnes dagegen, die mittlere von Gosches Töchtern, wirkt mit ihrer starken Stirn und einem männlichen Ausdruck um das Kinn kräftig und unzerstörbar. Eine solche Frau hat der Student noch nie kennengelernt. Das macht ihm Eindruck, auf eine viel überraschendere Art als die Autorität ihres Vaters, der auch ein, allerdings sehr liberaler, Superintendent sein könnte. Als er seiner Mutter von Agnes erzählt, äußert sie sich nicht zu seinen Eindrücken. Vielleicht missbilligt sie, dass eine Frau so selbstsicher sein kann, vielleicht auch nicht. Ganz schlau wird er aus seiner Mutter nie.

Auch die Gewohnheit des Gelehrten, bis tief in die Nacht am Schreibtisch zu sitzen und bei künstlichem Licht zu arbeiten, erscheint dem Studenten als ein geistiger Luxus, von den Kosten einmal abgesehen. Die sorgen dafür, dass er sich selbst ein Nachtleben im Arbeitszimmer nie leisten kann. Eine Stromleitung erreicht das Dorf Heiligenfelde auch erst in dem Jahr, als er dort ein halbes Leben lang Pfarrer gewesen ist und sein Sohn aus der Kriegsgefangenschaft zurückkommt. Wobei es sein kann, dass im Jahre 1920 wirklich schon eine Straßenlaterne in Heiligenfelde stand, an der sich festhalten konnte, wer schwankend aus der Schnapsbude nach Hause ging. Im Ruhestand, den seine Kirche ihm widerwillig genehmigt, verfügt er schließlich fünf Jahre lang über Strom-, Gas- und Wasseranschluss in seiner Wohnung in Hamburg. Petroleum oder gar Kerzen wären immer zu teuer gewesen. Das sind die Dinge, an die nachher keiner denkt, die aber den Grundton eines Lebens mitbestimmen.

Die Gäste am Mittagstisch des Orientalisten wechseln sich ab. Einige kommen von weither, aus Ländern, von denen der Student nie gehört hat. Über die Kirchenprovinz Sachsen, das Nachbarland Mecklenburg und schließlich Hamburg kommt er nie hinaus. Kaum zu glauben, dass es ihn einmal nach Berlin verschlagen haben soll, warum auch. Wohin es ihn zieht, aber nicht mit dem nötigen Nachdruck, in eine wirkliche Fremde, dorthin gelangt er nie oder vielmehr, sie begegnet ihm hier in Halle, am Tisch und in der Vorlesung von Richard Gosche, dessen Vielsprachigkeit ihn, der schon mit Latein, Griechisch und Hebräisch auf dem theologischen Kriegsfuß steht, tief beeindruckt.

In der Wohnung seines Professors fühlt der Student sich fremd, aber nicht unwillkommen. Bei seinem ersten Besuch dort weiß er nur nicht, wie er sich dem anderen Gast und den Gesprächsthemen gegenüber verhalten soll, die ihm groß und merkwürdig vorkommen. Von Eisenbahnen ist die Rede, die Gebirge überwinden müssen und unterwegs nur Dörfer und Marktflecken berühren, die zu ihrem Unterhalt nichts beitragen können. Da nimmt er seinen Mut zusammen und sagt, bei uns in der Altmark ist es auch so, dass die Eisenbahn erst das Gewerbe hervorbringt, das nötig gewesen wäre, um ihren Bau zu bezahlen. Zu spät eben. Eigentlich nützt die Eisenbahn nur den größeren Städten. Auf dem Land braucht es Kleinbahnen, um die Dörfer zu erreichen, denn die Straßen sind immer noch schlecht. Aber die Bauern wollen ihr Land oftmals nicht hergeben, weil sie die Fremden fürchten, die mit der Kleinbahn zu ihnen kommen und stehlen und betrügen. So reden sie wirklich.

Der Student bricht ab, unsicher, ob er etwas sinnvolles zum Gespräch hat beitragen können. Der Professor betrachtet ihn freundlich und bemerkt, an seinen fremden Gast gewandt, sehen Sie, auch bei uns steht das Volk dem Fortschritt erst einmal im Wege. Berichten Sie das Seiner Exzellenz, wenn Sie von Ihrer Reise wieder zurückkommen. Alles ist möglich, wenn wir das Volk von den Dingen überzeugen, die wir ihm zuliebe vorhaben. Ein unwillkommenes Geschenk richtet mehr Schaden an, als gar nichts zu geben. Das war immer schon so. Wie um ihn abzulenken, fragt Agnes Gosche den Studenten nach seiner Familie. Er sei vaterlos aufgewachsen, sagt er, der Vater sei schon fast zehn Jahre tot. Die Mutter tue alles für ihn, aber es reiche eben nicht wirklich.

Welchen Beruf hatte Ihr Herr Vater? fragt der fremde Gast ganz leutselig, indem er sich ihm auf einmal zuwendet. Hermann hat Mühe, seine Befangenheit zu verbergen. Ein Schlossermeister war er, ein Handwerker, der von Dorf zu Dorf zieht und sein Werkzeug auf dem Rücken trägt, um sich mühsam mit seiner Arbeit zu ernähren. Bei uns, sagt der Gast nachdenklich, könnte der Sohn eines Handwerkers nicht studieren, wäre der Vater auch reich, denn das schickt sich nicht, denken viele. Das eben ist das Problem, sagt Gosche, auch bei uns, denn der Staat hilft den Begabten viel zu wenig, ihren Stand zu verbessern. Möglich ist es trotzdem. Was ist denn Ihr Vater von Beruf? wagt der Student den Fremden zu fragen. Der schaut erst den Professor an und erwidert dann, mein Vater ist Minister des Königs, was ihn morgen freilich den Kopf kosten kann. Sehen Sie, sagt der Professor, so hat jeder sein Kreuz zu tragen, ob reich oder arm. Der Student zögert und fragt dann doch, aber sind die Menschen in Ihrem Land denn auch Christen? Das kann er sich nicht recht vorstellen und es kommt ihm hinterher so vor, als habe ihm keiner eine klare Antwort gegeben, auch wenn nun viel vom Glauben die Rede ist, viel mehr als er es aus der Kleinstadt gewohnt ist, wo Religion in der Kirche stattfindet, nicht beim Essen und im gelassenen Gespräch.

In seiner Einführung in die türkische Sprache zeigt Gosche seinen Studenten einen Firman, einen Reisepass wie ihn jeder benötigt, der im Osmanischen Reich frei und unbehelligt von lokalen Behörden reisen will. Ins Heilige Land zum Beispiel oder nach Ägypten oder nach Bagdad, alles Namen, die dem Studenten noch näher scheinen als dem späteren Pfarrer, von dem sie immer weiter wegrücken, um schließlich ganz zu verblassen. Eine Weile hat er denken können, der Wortlaut des osmanischen Reisepasses werde auch für ihn einmal bedeutungsvoll sein. Aber die einzige Landesgrenze, die er überquert, muss genügen. Auch das ist eine richtige Grenze, wie ihm unsanft nahegebracht wird, mit dem Strafbefehl für das Spiel in einer ausländischen Lotterie, der sich in seiner Personalakte erhalten hat.

Wenn es wenigstens die Lotterie von Bagdad gewesen wäre, so es dort eine gibt, hätte das den Pfarrer weniger geärgert, aber es ist die mecklenburgische, das schmerzt ihn jedesmal, wenn er daran denkt. Wenigstens hat er die Zollkontrollen an der mecklenburgisch-preußischen Grenze bis zur Gründung des Norddeutschen Bundes 1867 nicht mehr selbst erleben müssen. Trotzdem bleibt Mecklenburg also Ausland, auch im deutschen Kaiserreich. Das weiß er nun. An eine deutsche Einheit, die auch den Bürgern überall Bewegungs- und Handlungsfreiheit gibt, kann er da nicht so recht glauben. Preuße muss man schon sein, um an diese Einheit zu glauben, aber so preußisch ist er als Altmärker ohnehin nicht.

An den dunkelgrün gestrichenen Wänden des Esszimmers hängen Stahlstiche und Lithographien. Nach und nach prägt der Student sie sich ein, bis auf die eine, die hinter ihm hängt, denn die sieht er, wenn er sich an seinen Platz setzt, nur flüchtig. Einmal spricht Gosche über die Vorträge, die er bei jüdischen Vereinen über Lessing gehalten hat, da kommt er auch auf Moses Mendelssohn und die Unverschämtheit Lavaters, der den jüdischen Philosophen auffordert, zum Christentum überzutreten, als sei das ganz selbstverständlich eine Verbesserung oder eine Unvermeidlichkeit für einen denkenden Menschen. Was er von der Freimütigkeit halten soll, mit der sein Professor alle drei Religionen gleichstellt, denn auch vom Islam hat er vor den Juden geredet, so wie Lessing auch, das weiß er noch nicht.

Drehen Sie sich um, sagt Gosche, da hängt ein Bild der unglücklichen Szene, mit der sich der große Physiognom und Schädelvermesser für alle Zeiten unmöglich gemacht hat. Da sitzt Lavater eifernd mit Mendelssohn am Kaffeetisch, mit Lessing als stehendem Zeugen. Sehen Sie das Dienstmädchen, dass mit ihrem Tablett zur Tür hereinkommt? Von ihr hätte Lavater sich sagen lassen können, dass es auf die Religion der Männer gar nicht ankommt, solang sie sich von den Frauen bloß bedienen lassen, statt sie zu achten. Sie bringt drei Tassen, wie um zu bekräftigen, dass Lessing zu diesem Gespräch dazugehört, bei dem er in Wirklichkeit abwesend war. Aber Schiedsrichter ist er trotzdem und verweist Lavater sein engstirniges Christentum, ohne deshalb unchristlich zu sein, nur schätzt er das weitherzige Judentum Mendelssohns eben höher und weiß, dass auch ein Muslim oder ein Jude einmal den Vorrang haben kann, ohne dass das Christentum sich damit etwas vergeben würde.

Hermann steht auf, um sich den großen Stahlstich näher zu betrachten. Er fragt sich, warum ihm nichts Passendes einfällt, das er aus eigener Erfahrung zu der Lehre beitragen könnte, die Gosche ihm für sein weiteres Leben erteilt, denn solche Dinge sagt er sicher nicht, ohne an das zukünftige Pfarramt seines Gastes zu denken. Juden haben wir wenige in Seehausen, sagt er schließlich, sie haben ihr Bethaus und es heißt, dass sie sich dort auch baden, um für den Sabbat rein zu werden. Das tun ihre Nachbarn oft nicht, vor allem auf den Dörfern, weil es früher doch hieß, das zuviel Waschen ungesund und sowieso ein Zeichen von Eitelkeit sein soll. Meine Mutter ist da freilich immer schon anderer Meinung gewesen. Jetzt hat er das Gefühl, schon wieder zuviel gesagt zu haben.

Als Agnes Gosche ihn fragt, ob er nach dem Essen auch einen türkischen Mokka wünscht, bejaht er das diesmal doch und muss sich erst erklären lassen, dass der Zucker sich darin auflösen und der Kaffeesatz ganz auf den Boden der Tasse sinken muss, ehe der Mokka in kleinen Schlucken vorsichtig geschlürft werden kann. Auch das ist sonderbar und es braucht ein paarmal, bis er den Mokka wirklich genießen kann, den Fräulein Gosche ihm nun ungefragt hinstellt, als sei das ein notwendiger Teil seiner wissenschaftlichen Bildung. Der schwarze Kaffee aus dem Orient verschafft ihm das Gefühl, weit verreist zu sein und dabei nicht mehr zu wissen, wo er eigentlich herkommt. Das liebt er auch an den Vorlesungen seines Professors. Sie erlauben ihm zu verreisen und sich selbst aus weiter Ferne zu betrachten.

Nur im Vorübergehen schaut der Student vom Löwengebäude hinüber in die erleuchteten Fenster der Tulpe. In der warmen Jahreszeit sitzt der Garten voll vornehm gekleideter Leute, unter denen er sich in seinem bescheidenen Aufzug unbehaglich fühlt, auch wenn er unter ihnen den Professor und seine Frau oder seine Tochter bemerkt, die ihn vielleicht zu sich bitten würden. Seine Werktagskleidung passt in den Hörsaal, aber in die Tulpe meint er sich nur im Sonntagsanzug hineintrauen zu können, der wenigstens ernsthaft aussieht, aber zur Sommerkleidung der Bürger auch nicht recht passt. Ob er will oder nicht, kann er an diesen Unterschieden nichts ändern, auch wenn der Freitisch bei Gosches ihn jedesmal in den Nachmittag hineinschweben lässt, so als sei die Schwerkraft dann eine Zeitlang aufgehoben, als gelängen ihm größere Schritte. Vom Boden stößt er sich trotzdem nicht ab, was in den steilen Gassen bei der Universität auch nicht ratsam ist, in denen einer tiefer fiele, als er sich zuvor erhoben hätte.

Darüber, denkt der Kandidat sich in seine Zukunft hinein, könnte er einmal predigen. Irgendwann einmal, wenn er älter ist und sich keiner Kommission mehr stellen muss und kirchliche Prüfungen und Ernennung auf eine Pfarrstelle sicher hinter sich weiß. Bis dahin muss er sich vor allem davor hüten, schwärmerisch oder übertrieben empfindsam zu wirken. Nachher allerdings auch, wenn ihn die Bauern ernstnehmen sollen, nicht bloß ihre Frauen, soweit die noch Gefühle haben, die sich behutsam anrühren lassen. Hundertzwanzig Jahre zuvor geht es dem jungen Winckelmann aus Stendal ganz ähnlich, den der Student kaum aus dem Gedächtnis verlieren kann, denn das Gymnasium in Seehausen trägt seinen Namen. Auch Winckelmann hat in Halle Theologie studiert, weil alle anderen Studien zu kostspielig gewesen wären, aber hundertzwanzig Jahre vor ihm, in einer Zeit ohne Eisenbahn und Dampfkraft und Gasbeleuchtung, als der Weg in die Ferne noch ein Spaziergang nach Syrakus sein konnte. Nachher unterrichtet er drei Jahre lang an der Lateinschule in Seehausen in der Altmark, um von dort durch einen Höhenflug zu entkommen, der ihn nach Italien verschlägt und ihm erlaubt, seine Sehnsucht nach Griechenland zu pflegen. Katholisch wird er dabei auch, was dem Studenten immer sehr befremdlich vorkommt, aber Rom war ihm wohl eine Messe wert.

Dann dieser Mord unter verfänglichen, gar nicht näher zu untersuchenden Umständen, in einer österreichischen Stadt an der oberen Adria, Triest, das voller Abstürze und eine Stadt fallender Winde ist.

Den Tod Winckelmanns stellt der Student sich wie den des Ikarus vor und denkt dabei an die Lithographie eines Gemäldes, das ihm in der *Gartenlaube* einmal untergekommen ist, einen Ikarus, dessen Absturz ganz unbemerkt bleibt. Ein Schiff segelt an ihm vorbei, ein Bauer pflügt, aus heiterem Himmel scheint die Sonne herab, wachsausschmelzend und unbarmherzig. Barmherzigkeit ist wieder so ein Wort, mit dem er aus seiner Kleinstadterfahrung im Grunde nichts anfangen kann, denn sie kommt unter Menschen, die bloß an den eigenen Vorteil denken, nur sonntags vor. Daran wird er auf dem Dorf erst recht nichts ändern können.

Erst nach und nach fällt dem Studenten auf, wie wenig die Frau des Professors sagt, obwohl sie stets zum Gespräch beizutragen und allem zu folgen scheint, was gesprochen wird oder unausgesprochen bleibt. Überhaupt versucht niemand hier, den anderen niederzureden; allenfalls, wenn von draußen ein lautes Geräusch die Stimmen überdröhnt, kann es etwas lauter werden. Jetzt hält der Karren des Kohlenhändlers in der Toreinfahrt unten, im Sommer liefert er billiger als winters, Frau Gosche schaut zum offenen Fenster und der Professor steht selbst vom Tisch auf, um es zu schließen, statt das Dienstmädchen dazu aufzufordern, das eben mit Abräumen beschäftigt ist. Der lange Blick, den es Gosche zuwirft, macht es unversehens zu einer jungen Frau.

So hat der Student auch sie noch gar nicht wahrgenommen. Nun weiß er nicht, wo er hinsehen soll, da er glaubt, dass die anderen ihm doch ansehen müssen, wie ihn die Anmut der

Bewegung ergreift, mit der sie ihm die Teller wegnimmt. Das Gepolter der Kohlen dringt jetzt nur noch gedämpft herauf. Ein leichtes Fuhrwerk fährt fast lautlos vorbei. Das Dienstmädchen trägt noch eine Süßspeise auf, ein Dessert, wie es hier heißt, dabei ist es nur Armer Ritter, ein gutes Armeleuteessen, das der Student über alles liebt.

Draußen wird es nun mittäglich still. Bald ist das Semester zu Ende, Hitze liegt über der Stadt, wieder gibt es einen Mokka, daran hat der Student sich inzwischen gewöhnt. Für immer wird er diesen Geschmack mit dem Freitisch bei Gosches verbinden. Dort fühlt er sich nun wohl, auch wenn es anstrengend ist, beim Essen zugleich auf alles zu achten, was ihm einmal fehlen wird.

Als der Student gegen das Ende des Sommersemesters zum letzten Mal bei Gosches erscheint, lädt ihn der Professor nach dem Essen in sein Arbeitszimmer ein. So viele Bücher, vor allem in so vielen Sprachen, die niemand lesen kann, außer ihm und manchen seiner Gäste, denkt Hermann, die hat er beobachten können, nein, kennenlernen nicht, das wäre zuviel gesagt. Auf einem Lesepult liegt offen ein prächtiges Tafelwerk, auf das Gosche ihn beiläufig hinweist, die Hagia Sophia, Konstantinopel, blättern Sie ruhig darin, denn was Sie hier sehen, bekommen Sie in der Türkei nicht mehr zu Gesicht, seit es dort immer strenger zugeht. Eine Universität hat der Sultan bauen wollen, aber es sind keine Studenten darin eingezogen, sondern das Innenministerium, also die Polizei. Was sich da für die Zukunft abzeichnet, macht mir große Sorgen, denn es spiegelt eine Einstellung, die auch hierzulande immer mehr Einfluss gewinnt.

Fossati zeigt in seinem Tafelwerk die ganze Pracht der byzantinischen Mosaiken, die alle Gewölbe der *Aysofya* bekleiden, der Hagia Sophia oder Kirche der heiligen Weisheit, die seit vierhundert Jahren zur Moschee geworden ist. Aber die Mosaiken stellen doch Dinge dar, meint der Student, die Muslime nicht anschauen sollen. Nein, erwidert Gosche, alles, was sie zeigen, darf auch im Islam abgebildet werden, deshalb haben die osmanischen Herrscher auch nie die Engherzigkeit gehabt, sie zu verhüllen. Jetzt erst, in unserer Zeit, kommen Menschen auf den Gedanken, dass Bilder von Maria und Jesus für Muslime verboten sein sollen, dabei steht das so gar nicht im Koran. Gerade diejenigen, die im Osmanischen Reich von einer Modernisierung träumen, scheinen sich dabei auf illiberale, zur Toleranz unfähige Kräfte zu stützen. Das erlaubt es ihnen vielleicht, Eisenbahnen und Fabriken zu bauen, aber auf lange Sicht wird jeder Gewinn durch die geistige Austrocknung getilgt, die von ihnen ausgeht. Wir werden das nicht mehr erleben.

Der Student findet die Mosaiken in ihrer byzantinischen Fremdartigkeit sehr eindrucksvoll. Kein solches Tafelwerk wird er sich je leisten können. Den Ausführungen seines Lehrers kann er nicht ganz folgen, aber er fühlt sich geehrt und versucht, etwas von der Gelassenheit gegenüber unvernünftigen Vorgängen in sich festzuhalten, die sein Professor beispielhaft zu verkörpern scheint. Wieviel Kraft dieser Anschein von Gelassenheit kostet, kann er sich nicht vorstellen. Mit diesem einen Besuch im Arbeitszimmer muss es genug sein. Immerhin bleibt die Erinnerung an etwas Unwiederbringliches. Dass Gosche sich 1889 umbringt, kann er nicht verstehen. Ein Jahr ist er da bereits Pfarrer.

V
Vielbaum, Heiligenfelde, Werben

Die Eisenbahn zerschneidet die leicht gewellte Ebene. Ein Nebenfluss mäandriert darin, versteckt zwischen hohen Ufern, der sich vom Wasser nährt, das zu Füßen der Deiche austritt. Die Deiche sorgen dafür, dass der Strom die feuchten Wiesen und Felder nicht überschwemmt. Hier in der Wische braucht es hohe Glockentürme, um nicht den Überblick zu verlieren. Gerade Wege gehören ursprünglich nicht in diese Landschaft, in der die Logik des Wassers sich gegen die des Bodens durchsetzt.

Auf der Höhe sind die Wege gerader und die Glockentürme nicht so hoch, aber auch dort bestimmt das Wasser die Gestalt der Landschaft, in den Gräben versteckt, die ihre Senken teilen. Die Bauern wissen, warum sie ihre Felder mit Hecken einhegen, die den Wind aufhalten und regelmäßige Abflüsse bilden. So sammelt sich der Überschuss an Regenwasser nicht auf den Äckern und ersäuft die Ernte. Je größer hier die Flächen, desto schwieriger wird ihre Bearbeitung, doch die Dampfpflüge verlangen größere Felder. In der Wische, wo sie Grünland in Ackerflächen verwandeln, finden sie große Abstände schon vor. Außerdem braucht es Dampfkraft, um diese Minutenböden in den Griff zu kriegen, die deshalb so heißen, weil sich manchmal in Minuten entscheidet, ob aus der Ernte etwas wird oder nicht. Auch die Wische verwandelt sich endgültig in die technische Landschaft, die der Deichbau längst aus ihr gemacht hat.

Auch auf der Höhe verändert sich das Gesicht der Landschaft durch den Einsatz schwerer Landmaschinen schon um 1888, denn die erfordern neue Straßen, die nicht mehr der

Logik der Nähe folgen, die alten Wegen zugrundeliegt. Kein Dorf ist weiter als eine halbe Stunde zu Fuß vom nächsten entfernt. Die neuen Landstraßen schaffen Verbindungen durch bisher unbewohntes Gebiet. An ihnen liegen die Orte manchmal über eine Stunde auseinander, auch mit schweren Fuhrwerken, die sich hier leichter, aber nicht unbedingt schneller als ein Fußgänger bewegen.

Auch in hundert Jahren wird sich hier kein Mensch ansiedeln, zwischen Heiligenfelde und Kossebau etwa, um ein naheliegendes Beispiel zu nennen. Das erleichtert es, die alten Wege, oft nicht mehr als eine Karrenspur im Gelände oder ein nicht mehr oft befahrener Waldweg, noch als ehemals wichtige Verbindungen zu erkennen.

Überhaupt ist es das Ausmaß der Veränderungen, das auf dem Land geschieht, an dem sich reiben darf, wer dort Beständigkeit und lange Überlieferung vermutet und sucht. Nirgends beschleunigt sich der topographische und demographische Wandel mehr als hier, wo alles sich nicht zu verändern scheint. Mit dem Gesicht der Landschaft einer geht ein verändertes Gesicht der Menschen. Jetzt hat das wirtschaftliche Gründe. Früher war es der Krieg, der so wirkte und auch nicht viel Dauer zuließ. Die Arbeit hört nicht auf, ob destruktiv oder produktiv, nichts ist vor ihr sicher und Sicherheit gibt sie nicht, weder den Zerstörern noch den Erzeugern, die sie leisten.

Das muss sich klarmachen, wer den Weg auf die Höhe, aufs Dorf als Rückweg in eine Vergangenheit betrachtet, die anderswo längst abgetan erscheint, damals wie heute. Nirgends zeigen sich die Kräfte der Veränderung so deutlich wie hier, so sehr der Pfarrer auf dem Dorf sich vereinsamt fühlen mag — intellektuell, nicht als Dienstpflichtiger einer Gemeinschaft. Nirgends freilich gibt es auch so wenig Gelegenheit, auf diesen Wandel einzuwirken, ihn zu lenken oder zu mäßigen, schon gar nicht für den Pfarrer, der den sozialen Wellenschlag am ehesten spürt, wenn er das will. Aufgaben gibt es genug. Wo Besitz an Sachen unerreichbar oder unverlässlich wird, entstehen Sparkassen und sorgen dafür, dass im Notfall Geld zur Verfügung steht und Zinsen bringt, solange es auf dem Sparbuch bleibt. Da kann ein Pfarrer etwas beitragen. Dann die Schule, die Waisen, die Armen überhaupt. Nur ändern kann er im Grunde nichts.

Aber vielleicht hat der Kandidat noch Illusionen, die ihm helfen, dem Pfarramt etwas mehr abzugewinnen als die Aussicht auf Brot für ein ganzes Leben. Also auch für eine Frau. Die braucht er schon deshalb, weil er sich eine Haushälterin nicht leisten kann. Nehmen wir an, dass ihm auch hier etwas anderes vorschwebt als seiner Mutter, die genau weiß, wieviel die Arbeit einer Frau wert ist. Welchen Mehrwert sie erbringt. Im Vergleich zur Arbeit einer Haushälterin eben. Ihr Sohn muss das gar nicht wissen. Seine Mutter kann es beziffern, aber das zu tun wird sie ablehnen, denn Ansprüche leitet sie daraus nicht ab. Einmal abgesehen davon, dass sie es sich herausnimmt, für eine Heirat zu sorgen. Daran arbeitet sie seit Jahren. Ein Mädchen im richtigen Alter hast sie schon für ihn gefunden.

Am Bahnübergang zwischen Vosshof und Vielbaum warten die Mädchen in ihren weißen Sommerkleidern, bis der Karren mit den älteren Damen über die Gleise ist, ehe sie sich selbst auch hinübertrauen. Der Kandidat wagt es, sich bei der ältesten einzuhaken. Noch ist sie nicht seine Verlobte, aber aber es ist schon so gut wie soweit und sie schlägt ihm sein Vergnügen nicht ab. Einen Augenblick danach erschrecken sie der Pfiff und die Dampfgepuffe einer einzelnen Lokomotive, die plötzlich hinter ihnen auftaucht. Damit prägt sich dieser

Sonntag ins Gedächtnis der Dabeigewesenen mehr ein als die anschließende Verkündung des Verlöbnisses, die unvorhergesehen und das zugleich schon erwartet ist. Auch vor der kleinen Kirche von Vielbaum gibt der Kandidat den Arm des Mädchens nicht frei. Es ist eine romanische Kirche aus der Zeit um 1200, wie fast alle hier in der Gegend.

Die Mutter des Kandidaten ist auch dabei. Sie ist zu Fuß von der Kleinstadt hierhergekommen, mit dem Sohn, der ihr erlaubt hat, sich in der Kirche etwas auszuruhen, um selbst den anderen entgegenzugehen. Der zukünftige Schwiegervater schaut den Kandidaten durchdringend an und da, ganz ohne Vorbedacht, hört der sich sagen, was von ihm erwartet wird, während das Mädchen nicht mehr weiß, wo es hinschauen soll. Sie ist siebzehn Jahre alt und sich nur allzu sehr bewusst, dass ihre Eltern nichts dagegen haben werden, wenn sie aus dem Haus geht. Noch vor dem Gottesdienst ist schon alles geregelt, unter der Bedingung freilich, dass der Verlobte seine Ernennung zum Pastor erhält. Also kann das Verlöbnis sich lange hinziehen, auch wenn der Kandidat seine Probepredigt in Magdeburg schon hinter sich hat. Auch wird es durchaus erwartet, dass er heiratet, sobald er eine Pfarrstelle bekommt, denn die Bauern vertrauen einem Pfarrer nicht recht, der keine Frau hat. Als Teil einer Familie ähnelt er ihnen auf die eine oder andere Art doch stets mit ihnen verbindet, ähnelt er ihnen und wirkt auf sie beruhigend. Schwieriger ist die Aufgabe der Pfarrersfrau, aber darüber legt sich die Siebzehnjährige noch keine Rechenschaft ab.

Der Kandidat freilich hat oft an die Zwänge gedacht, unter denen er in einem Dorf wird leiden müssen. Drei Jahre lang hört er die Vorträge von Missionaren, die von den Franckeschen Stiftungen in alle vier Himmelsrichtungen ausgesandt werden und zurückkommen, um in Halle über ihre Erfahrungen vor den Studenten zu sprechen. Bücher in jeder erdenklichen Schrift werden in der Druckerei des Waisenhauses gedruckt. Das zieht ihn an und erschreckt ihn zugleich, denn es weckt den Wunsch nach einer Ferne, die sich nicht berechnen lässt. So haben sich die Gespräche mit der ältesten Tochter des Gutsverwalters von Vosshof mehr aus Träumen als von der Vorausschau auf das Dorfleben genährt, das auf sie wartet. Erinnerungen an Gelesenes vermischen sich damit, von Friedrich Gerstäcker bis Charles Sealsfield über Beschreibungen des Heiligen Landes, die das Mädchen so sehr aufregen wie den Kandidaten selbst. Sie blickt besorgt in eine Zukunft, die sie vielleicht mit Wilden oder Beduinen teilen muss und der nicht auszuweichen ist, so scheint es, schwierig wie es ist, eine Stelle in der Nähe zu finden, auf einem Dorf.

Sehr selten wird der Pfarrer später noch davon reden, immer mit einer Spitze von Bitterkeit, denn so sehr diese Träume ihm geholfen haben, seine Braut in den Bann zu schlagen, so hat er sie doch nur aus Furcht davor aufgegeben, nicht kräftig genug zu sein, um sich neuen und anderen Klimazonen auszusetzen. Das Verlöbnis lässt ihm ohnehin keine Wahl mehr. Bekommt er eine Pfarrstelle, dann muss er sie auch annehmen. Alles andere ist unvorstellbar. Trotzdem mag er nicht glauben, dass ihm mit siebenundzwanzig Jahren der Weg entgültig vorgezeichnet ist. Daran nicht zu glauben hilft ein wenig, sich dem später dennoch zu beugen.

Anfang Juni bewirbt der Kandidat sich um eine der armseligsten Pfarrstellen der Altmark, in Heiligenfelde, einem Dorf auf der Höhe, wo der Boden schlecht und die Ernten bescheidener sind als anderswo in der Gegend. Am letzten Augustsonntag tritt er seine Stelle an. Ende September wird er heiraten. Noch kann er sich nicht vorstellen, wie sehr die ewige Wiederkehr der gleichen Predigtstellen im Lauf von drei Kirchenjahren dem bäuerlichen Jahreskreis oder einer Fruchtfolge auf abwechselnd anders bestellten Feldern ähnelt. Mit manchen Stellen in der Bibel hat er sich schon auseinandergesetzt, aber noch muss er viele zum ersten Mal vorbereiten, gründlich macht er das, zu gründlich vielleicht. Das kann er nur noch nicht einschätzen. Er merkt das gleich am zweiten Sonntag im Dorf, einem Tag, den er gern mit seiner Verlobten und ihrer Familie verbracht hätte, aber Sonntage sind von nun an die einzigen Tage, an denen er sich nicht freinehmen kann.

Die erste Predigt geht gut, er ist auch gar nicht aufgeregt, das macht den jungen Pfarrer beim zweiten Mal unvorsichtig. Anders gesagt, er vergisst an diesem zweiten September einfach, für wen er predigt und dass heute Sedanstag ist, der Gedenktag der Entscheidungsschlacht im letzten Krieg. Als Predigstelle vorgegeben ist die Heilung der zehn Aussätzigen, Lukas Kapitel 17, Vers 11-19, eine schöne Gelegenheit, denkt er, von Toleranz und Mitgefühl zu reden und seine Zuhörer an ihre Mitmenschlichkeit zu erinnern. Aber Aussätzige sind Aussätzige und bleiben es besonders auf dem Dorf. Die Predigt kommt also gar nicht gut an, außer bei einem, der als Freidenker nun doch herausfinden will, wie der neue Pfarrer so ist. Am ersten Sonntag ist er nicht erschienen, ein Glück nun, dass er zur Predigt in der Kirche ist, später gekommen, so wie immer, wenn ihm danach ist. Dem Lob des Schmieds kann sich niemand im Dorf entziehen, ohne einen wortgewaltigen Streit und Bekanntschaft mit seinen schweren Fäusten zu riskieren. Die machen ihn zu einem der Intellektuellen des Dorfs, das sich über den Aufruf zur Toleranz also nicht weiter äußert, den es hat anhören müssen, als feststeht, dass der Schmied ihn gern gehört hat. Von Stund an hält der Schmied zum neuen Pfarrer, nicht ohne ihn gelegentlich daran zu erinnern, was er dem Dorf zumuten darf und was nicht. Darauf kommt es an, dass wenigstens einer ihn willkommen heißt und zugleich mit niemandem in einer Beziehung steht, die dieses Willkommen von vorneherein belastet. Der Schmied ist frei. Erst nach und nach wird Hermann klar, welches Glück er mit dem schwarzen Schaf in seiner Gemeinde hat, denn ein schwarzes Schaf ist der Schmied. Freidenker können gar nichts anderes sein.

In diesen ersten Wochen kommt der junge Pfarrer über das Dorf und seine nächste Umgebung kaum hinaus. Noch fehlen ihm Pferd und Wagen, der Schwiegervater hat ihm beides zur Hochzeit versprochen, auch kann er noch keine Einkäufe tun, weil das erste Gehalt noch auf sich warten lässt. Daher lohnt es sich auch nicht, mit einem der Bauern auf den Markt nach Arendsee zu fahren, um zu schauen, was es dort im Laden alles gibt. Das möchte er wissen, ehe er sich in Seehausen oder Osterburg umsieht oder bis nach Stendal fährt, wo es eigentlich alles gibt. Einen Ausflug dorthin hat er ohnehin vor, aber noch wartet er eben auf das Gehalt. Dann ist es soweit. Da es sich so trifft, dass der Schmied über Tag in Packebusch zu tun hat, wo es einen Bahnhof gibt, fährt er auf dessen Wagen mit und nimmt den Zug nach Stendal, ohne irgendwen fragen zu müssen. Das tut gut.

Stendal macht Hermann einmal wieder keinen ganz behaglichen Eindruck. Mit seinen großen Kirchen und einer großen Eigenliebe mustert es Kleinstädter und Dörfler bloß aus dem Augenwinkel. Immer noch scheint es den alten Zeiten nachzutrauern, als es an einem Elbarm lag, so wie Osterburg und Seehausen. Damals löschten seegängige Koggen ihre Ladung gleich vor der Stadt, Stockfisch und Holz und was sonst von Norden hereinkam. Das ist dreihundert Jahre her, aber Städte verzeihen Kränkungen nicht, vor allem, wenn ihnen magere Zeiten folgen und jedes Anzeichen der Erholung als unzureichend abgetan wird.

So hat zwar die Eisenbahn Stendal erreicht und jetzt, seit dem Neubau des Hauptbahnhofs, in alle vier Himmelsrichtungen neu verbunden, auch die Militärgarnison hat sich entsprechend entwickelt, aber die Stadt schmollt noch immer und wird dies auch ein Jahrhundert später tun, als sie den Verlust der sowjetischen Garnison als Verlust betrauert und sich an der reichen Entschädigung nicht erfreut, die sie dafür bekommt. Immerhin hat Stendal eine Buchhandlung. Für den jungen Pfarrer mit seinem ersten Gehalt im Sack gibt es eine größere Versuchung nicht. Also hat er ein flaches Paket dabei, als er nachmittags nach Packebusch zurückkommt. Nein, kein Geschenk für die Braut, muss er beschämt zugeben, ein Buch. Das lässt der Schmied aber gelten. Sein Pfarrer braucht Bücher, das versteht sich von selbst, auch wenn sie groß und sicher teuer sind.

Ein Atlas, sagt Hermann verlegen und eigentlich stolz, ein historischer Handatlas, den er verspricht, dem Schmied einmal zu zeigen. Hier traut er sich nicht, ihn auszupacken, denn der Himmel verdüstert sich im Zusehen. Als sie wieder in Heiligenfelde sind, hat der Regen sie ganz durchnässt. Das kostbare Paket hat davon nichts abbekommen. Die letzten Wochen des Alleinseins sind fast zu Ende.

Der alte Beckmann hat es in Vosshof so eingeführt, dass seine Leute am Sedanstag trotz der Erntezeit einen Ausflug machen dürfen. Der zukünftige Schwiegersohn kann nicht mitfahren, weil er in Heiligenfelde sein muss, aber Familie und Gesinde fahren hinaus zur ehemaligen Schwedenschanze bei Werben an der Elbe. Immer hält der Alte eine Rede, in der seine Erinnerungen an den Tag von Sedan den größten Raum einnehmen, die Geschichte einer anderen Schanze, an deren Erstürmung er seinerzeit beteiligt war. Aber dieses Jahr geht ihm alles durcheinander.

Drei Kaiser in einem Jahr, denn der neue Kaiser wird es nicht überleben, all das geht dem Gutsverwalter von Vosshof über seinen Begriff. Auf den alten Kaiser lässt er nichts kommen. Erinnert er jetzt an ihn, so drängt sich mit hinein, was er über die beiden anderen gar nicht sagen möchte, weil es ihm nicht als schicklich erscheint. Außerdem mischt sich in die Erinnerungen des alten Beckmann das Gedenken an die Befreiungskriege von 1813 ein, als deren später Epilog der Krieg gegen Frankreich 1871 erscheinen kann. Freilich gilt dieser letzte Krieg trotz Elsass-Lothringen nicht einer fremden Herrschaft auf eigenem Boden. Frankreich besitzt die beiden Landschaften seit zweihundert Jahren, woran auch der Wiener Kongress nicht gerührt hat, denn das wäre den beteiligten Mächten als zu gefährlich erschienen. Zugleich ist Frankreich längst nicht mehr der gefährliche Nachbar, zu dem der große Kaiser es zwanzig Jahre lang gemacht hat. Napoleon III., seinen Neffen, nimmt keiner ganz ernst, schon gar nicht im protestantischen Deutschland, auch wenn es bedenklich erscheint, wie er die Interessen des Papstes vertritt.

Die Sache mit Elsass-Lothringen mag deutschen Gemütern unverzeihlich erscheinen, trotzdem kommt es dem Gutsverwalter nicht so vor, als hätte das seinerzeit für ihn und seine Kameraden eine besondere Rolle gespielt, als sie wieder in den Krieg ziehen mussten. Für den dritten Krieg in kaum zehn Jahren haben sie sich erst spät begeistern lassen. Vorher der gegen Österreich, davor der dritte Krieg gegen Dänemark, für den Österreich noch mit Preußen verbündet war. Ob Elsass-Lothringen ein Ersatz für Österreich sein kann?

Der Gutsverwalter ist immer schon königstreu gewesen, aber kaisertreu ist er nur insofern, als der Kaiser der Deutschen auch König von Preußen ist. Majestät. Auch der alte Kaiser, so heißt es doch, hat an Sinn und Zweck eines neuen deutschen Kaiserreichs gezweifelt und sich darein ergeben, weil es nicht mehr anders ging. Mit diesem neuen Kaisertum hätte Friedrich III. schon etwas angefangen, aber nun stirbt er schon monatelang und hat keine Gelegenheit, sich als Wiedergänger Friedrichs II. zu beweisen. Was dann? Der alte Kaiser und sein noch ganz preußisches Königtum scheinen schon unwiederbringlich vergangen zu sein, auch wenn Postkarten genug in Umlauf sind, die Wilhelm I. mit seinem kleinen Enkel zeigen, der bald Wilhelm II. heißen wird. Da gibt der Ort der Schwedenschanze dem Redner wieder einen Halt, denn sie lässt sich zwar nicht mehr anschauen und besteigen und bestaunen, aber da ist doch der Deich und an seiner hohen Böschung kommt die Erinnerung an die erste Niederlage der kaiserlichen Feldherren Tilly und Pappenheim wieder, 1631, im Jahr der Magdeburger Hochzeit. Irgendwie führt das zur Schlacht bei Sedan oder in den Dreißigjährigen Krieg oder zu Lützows wilder verwegener Jagd zurück, auch wenn vieles unverstanden bleiben mag, was die Ordnung der Dinge nach dem Siebenjährigen Krieg und Friedrich II. und seinem *Kerls, wollt ihr denn ewig leben?* in Bewegung gehalten hat.

Das sind so Sätze, mit denen der alte Gutsverwalter sich wohlfühlt, weil sie unmenschlich und gerade dadurch auf grausige Art menschlich sind. Das hat er selbst erlebt, wie der Alltag mit seinen Hoffnungen im Krieg außer Kraft gesetzt wird, bis solche Sätze richtig scheinen und die Soldaten antreiben, nicht aufzugeben statt zu meutern. Für die jungen Knechte und Mägde des Gutshofs ist das alles weit weg, schon siebzehn Jahre her, da waren manche noch gar nicht geboren.

Zwei oder drei ältere Männer hören aufmerksam zu und merken nur auf, wenn der Redner seine ausgeleierten Geleise verlässt und der beunruhigenden Gegenwart den Rücken zukehrt und doch halb über die Schulter sieht. Am Ende spricht er aus, was sie denken, wenn er sagt, machen wir nur weiter, wie wir es gewohnt sind, dann gibt es sicher keinen neuen Krieg.

Ein ausgedehntes Picknick belohnt die Ausflügler für ihre Geduld und Unternehmungslust. Heiter kehren sie zum Gutshof zurück, manche auch deutlich angeheitert, das gehört dazu. Martha erwartet fast, ihren Verlobten dort anzutreffen, aber das Dorf liegt über zwei Fahrstunden von Vosshof entfernt, für einen Nachmittagsausflug zu weit, das weiß sie selbst, ihre Mutter braucht es ihr nicht auch noch zu sagen. Nur ein paar Wochen sind es noch bis zur Heirat. Vielleicht wird sie ihren Bräutigam dann erst wiedersehen. Im Grunde kennt sie ihn noch längst noch nicht. Aus Heines Gedichten, die er ihr geschenkt hat, versucht sie herauszulesen, was ihr bevorsteht. Ob das gelingt oder nicht, bleibt dahingestellt, aber immerhin zeigt es einen gewissen Mut, unabhängig davon, dass Heine schon über dreißig Jahre tot und zum Sprachdenkmal geworden ist. Die Patina der Bildung überdeckt das Irrlichtern gewesener Ideen. Vielleicht denkt Martha sich gefährlich wie seine Loreley. Das könnte sein.

VI

Warnemünde und Rostock

Im Frühsommer 1887 rollt Hermann in einem Eisenbahnwagen dritter Klasse der Küste entgegen. Ein Studienkamerad, der schon als Pastor der Kirche seines verstorbenen Vaters in Rostock bestallt ist, lädt liebenswürdigerweise dazu ein, ihn nach Pfingsten für zwei Sonntage zu vertreten. Seine erste theologische Prüfung hat der Kandidat ein Jahr zuvor in Halle abgelegt, die zweite steht im kommenden Frühjahr bevor, daher steht einer Vertretung nichts im Wege. Ohnehin muss er nachweisen, dass er in der Zeit zwischen den beiden Prüfungen öfter einmal gepredigt hat. Noch muss er lernen, nicht immer den Versuch zu machen, etwas neues zu sagen. Freilich lässt ihm das die Illusion, das Interesse von Zuhörern gewinnen zu können, die viel eher Hergebrachtes zu hören bereit sind.

Der Freund wird ihn in einer Pension unterbringen, die ein Mitglied seiner Gemeinde in Warnemünde betreibt, einem aufstrebenden Badeort an der Mündung der Warnow, des Flusses, der Rostock mit der See verbindet. Die Anfahrt muss er aus eigener Tasche zahlen, aber da er noch nie Gelegenheit gehabt hat, das Meer zu sehen, sagt er natürlich zu. Am neuen Hauptbahnhof von Rostock, der noch Lloydbahnhof heißt, erwartet ihn sein Kamerad. Einen Tag an der See, sagt er mit einem Seufzen, hat er sich nach Pfingsten endgültig und redlich verdient. Mit dem Vorortzug fahren sie nach Warnemünde. Erkannt haben sie sich nicht gleich, immerhin ist es schon fünf Jahre her, dass sie sich gesehen haben.

Der Rostocker Pastor ist immer noch ein wohlgenährter Kerl, meist gut gelaunt und jovial, der seiner Zukunft schon deshalb sicher ist, weil er einer Pastorendynastie entstammt, die auf das frühe achtzehnte Jahrhundert zurückgeht. Sein Großvater ist durch einen Zufall eines Tages Kaiser Napoleon begegnet, ein Ereignis ohne Folge, das aber vom Vater auf den Sohn weitererzählt wird. Mit seinem alten Kameraden hat der Kandidat aus Seehausen sich manchmal über napoleonische Dinge unterhalten. Das wird ein Grund sein, sich jetzt an ihn zu erinnern und als Stellvertreter einzuladen. Denn der junge Pfarrer aus Rostock verreist, um einen protestantischen Pastor aus Frankreich wiederzusehen, der ein Jahr an der Universität Halle studiert hat und jetzt in Châteauroux an der Indre lebt, einer Stadt mitten in der französischen Provinz. Dort gibt es ein Museum, das der letzte Gefährte des Kaisers eingerichtet hat, der General Bertrand, das voller Andenken nicht zuletzt an Sankt Helena ist. Das möchte der Pastor aus Rostock sehen. Auf der kurzen Bahnfahrt nach Warnemünde führen die beiden ein gelassenes Gespräch über die Spuren der napoleonischen Zeit, die sich auch in der Altmark finden, in der Erinnerung von Bauern, deren Väter zu den Waffen gerufen worden sind, um vor Moskau zu enden. Dem Kandidaten freilich erscheint eine Reise nach Frankreich als ein unerhörtes Vorhaben. Leichter ist es, sich eine Übersiedlung ins Heilige Land vorzustellen. Bewundernd und neidisch hört er zu, wie sein Freund leichthin französische Ausdrücke ins Gespräch einflicht. Fast fühlt er sich auch als Reisender.

In einem Gasthaus am Alten Hafen kehren die beiden ein, nachdem sie den Koffer zur Pension gebracht und abgemacht haben, dass ihnen später noch jemand aufschließt. Der Rostocker bestellt für beide je einen gebackenen Butt mit reichlich Bratkartoffeln, einen Fisch, den der Kandidat noch nie gesehen hat. Mit großer Vorsicht geht er ihm zuleibe. Der Gastgeber zeigt ihm, wie er das Gerippe bloßlegen und das schneeweiße Fleisch schichtweise abheben kann. Er ist noch nicht verheiratet und geht häufig ins Gasthaus, was er sich im Gegensatz zu seinem Besucher auch leisten kann. Natürlich gibt es auch in der Altmark Fisch, nicht nur Schleien und Karpfen, auch Zander, Hecht und Wels, in der Elbe wie in den vielen Gräben und Bächen, die zu ihr hinfließen. Nicht das Fischessen an sich hat also etwas Besonderes, sondern dass es Fisch an der See nicht nur freitags gibt, sondern täglich. Außerdem schmeckt der Seefisch anders, nicht besser, aber einfach anders, als hätte das Meerwasser ihn schon vorgewürzt. Auch das Bier scheint hier herber gebraut zu werden. All das ergibt einigen Gesprächsstoff, so dass die beiden erst ganz zum Schluss auf den Anlass der Reise zu sprechen kommen.

Morgen will der Pfarrer dem Kandidaten seine Georgskirche zeigen, die ganz modern, also in gotischem Stil erbaut ist, so wie die alten Stadtkirchen von Rostock auch, aber nicht in der eng gedrängten Altstadt, sondern in der Steintorvorstadt, einer ruhigen Villengegend. Dort gab es bis in den Dreißigjährigen Krieg schon einmal eine Georgskirche, die damals weit vor der Stadt lag. Freilich ist diese Kirche auf keinem Stadtplan von Rostock verzeichnet, so wie es auch keinen Beweis dafür gibt, dass je ein Pfarramtskandidat aus der Altmark dort gepredigt und deren Pfarrer nach Châteauroux gereist ist, um dem Kaiser der Franzosen näherzukommen. Das ändert doch nichts daran, dass der Pfarrer dem Kandidaten besonders die Fußbodenheizung rühmt, die in seiner Kirche auch im Winter den Gottesdienst zur angenehmen Pflicht macht. Das verwundert in einem Villenviertel nicht weiter, denn Pflichten machen deren Bewohner sich gern so angenehm, wie es eben geht. Das werde er jetzt im Frühsommer nicht nachempfinden können, sagt der Pfarrer, aber es mache auch die Bürde des Amtes erträglich. Natürlich knüpft die Architektur des Baus, der uns sonst nicht viel angeht, an die norddeutsche Backsteingotik an, mit Fußbodenheizung eben. Sonst ist vom zweiten Tag der Sommerfrische nichts weiter zu berichten, als dass der Freund nach Frankreich abreist, mit dem Nachtzug, zu dem Hermann ihn noch begleitet.

Am Abend der Ankunft wandern die beiden noch auf die Mole hinaus zum ziemlich weit vom Strand zurückweichenden Meer, das im Mondlicht blinzelnd vor sich hinschwappt und auf den Festlandbewohner wie ein riesiges, unergründliches Lebewesen wirkt. Manchmal freilich hat Hermann vergleichbares schon an der Elbe empfunden, wo sie sich etwa bei Werben aus ihrer Richtung beugt und eine Weite gewinnt, die doch nie so unbegrenzt wirkt wie hier. Jeden Tag will er am Strand spazierengehen, vielleicht auch in größerer Entfernung vom Ort einmal ins Wasser gehen, eine Aussicht, die erst einmal unbehaglich, aber doch vielversprechend ist. An der kleinen Pension sagen sie sich gute Nacht. Eigentlich ist sie bloß ein altes Fischerhaus am Strom, hellblau angestrichen, was Hermann erst morgens auffällt. So fühlt er sich am Südrand Skandinaviens, wo die Häuser manchmal blau sind, in den Süden ist er also gereist, nicht in den Norden.

In Rostock findet der Stellvertreter sich in einer alten Stadt, die ebenso eindrucksvoll wie Frankreich ist. Also beschließt er, sie mit dem gleichen Eifer für sich zu entdecken, auf bescheidenere Weise als der Andere vielleicht, aber nicht weniger wagemutig. Eines Nachmittags geht er auf den Wällen der Altstadt spazieren. Beflaggung und Rundzelt eines Zirkus locken ihn an. Zuhause würde er sich nicht erlauben, sich so ein Spektakel anzusehen, da jeder ihn dort kennt. Aber in Rostock, in einem Anzug, der seinen Beruf nicht verrät, riskiert er nichts. Anzüge hat er bloß zwei, den einen für sonntags und Gelegenheiten, bei denen er sich anständig gekleidet zeigen muss, auch der andere sieht anständig genug aus, aber er ist aus billigem und haltbarem Stoff. Beide Anzüge hat ihm seine Mutter geschneidert, also sind sie gleich gut geschnitten, aber der bescheidenere macht den Kandidaten zu einem Jedermann, statt einen Ehrgeiz zu zeigen, der sichtlich nicht erfüllt ist. Leider beginnt das Spektakel erst viel später, zu spät für ihn, da er zeitig wieder in seiner Pension sein will. Das erspart ihm den Kauf eines Billetts, aber er ist ein wenig enttäuscht und geht um die Wohnwagen herum, die zu Seiten des Zelts aufgefahren sind.

Zwischen zwei Pappeln ist auf Hüfthöhe ein Seil gespannt, auf dem eine Tänzerin sich übt, jung und dermaßen anmutig, dass es den Kandidaten ganz durcheinander bringt. Sie setzt ihre Übungen fort, ohne sich an seiner Gegenwart zu stören, im Gegenteil, sie wirft ihm einen Blick zu und lacht, dass es scheint, als erkenne sie ihn wieder. Auf einmal erinnert der Kandidat sich, sie in der Kirche gesehen zu haben, elegant gekleidet, ganz hinten im wenig zahlreichen Publikum, dort wo es keine numerierten Bänke gibt. Der Freund hat ihn gewarnt, viele Leute sind in der Sommerfrische oder auf Reisen, viele haben ihre Dienstboten mitgenommen oder ihnen Urlaub gegeben, so dass um diese Jahreszeit die Kirche so leer ist wie sonst nie. Während seiner Predigt richtet der Stellvertreter sich mehr und mehr an die junge Frau, wie es seinen Gewohnheiten entspricht, denn er versucht immer die Ränder einer Menge zu erreichen und spricht deshalb so laut wie möglich. Während sie auf Zehenspitzen balanciert, wirft ihm die Seiltänzerin mit links ein Küsschen zu. Er ist fassungslos. Erstaunen und Furcht mischen sich in seinem Gesichtsausdruck und lassen sie losprusten vor Lachen. Sie springt zu Boden und flüchtet sich in ihren Wohnwagen. Das Gesicht eines Clowns erscheint einen Augenblick im Fenster, um gleich wieder zu verschwinden. In einiger Entfernung dreht Hermann sich noch einmal nach den Wohnwagen um. Vor dem Hintergrund der Bäume auf den Stadtwällen beleuchtet die Nachmittagssonne sie so mild, dass ihre bunten Farben viel zu malerisch wirken.

Ein paar Tage lang bleibt Hermann in Warnemünde. Immer wieder denkt er an das Bild der Zirkuswagen, deren Welt ihm ganz unzugänglich scheint, genau wie die Anmut der Seiltänzerin. Ihr Bild versetzt ihn in eine kaum zu bändigende Unruhe. Dessen Ausschmückung zu zensieren gelingt ihm nicht. Die Tänzerin hat Beine und ist erwachsen, so jung sie auch aussieht. Aber dadurch, dass sie Beine hat, erscheint sie ihm auch auf beunruhigende Weise kindhaft. Natürlich besitzt sie auch einen Busen, so sehr er sich auch einredet, dass ihn das noch weniger angeht als alles andere. Auf langen Spaziergängen nach Westen, über das Ende der weiten Bucht bei Warnemünde hinaus, schafft er es zwar, sich zu ermüden, aber im Wasser gewesen ist er noch nicht, weil ihn der bloße Gedanke an Beobachterinnen ganz verlegen macht. Dabei schiene es zu seiner Zeit nicht einmal anstößig, nackt zu baden, an so entlegener Stelle jedenfalls, er ist schließlich ein Mann. Abtrocknen müsste er sich trotzdem. Alles nicht so einfach, vor allem bei der Vorstellung, eine Seiltänzerin spazierte auf den Wellen vorbei, wieder so ein Bild, das unzulässig ist, aber los wird er es deshalb nicht und Schwimmen kommt nun erst recht nicht in Frage.

Als der Reisende am Donnerstag dann doch wieder den Zug nach Rostock nimmt, schiebt er einen Grund vor, der ihn selbst nicht ganz überzeugt, nämlich den, dass er die Marienkirche noch besuchen muss. Das hat er hinausgeschoben, weil sie ihm zu übermächtig zwischen den alten Bürgerhäusern der Altstadt steht, als seien sie bloß Ableger und Sprossen von ihrem Leib. Als er sich aufmacht, ist der Tag schon ziemlich heiß. Hunger hat er keinen, irgendwo wird er schon etwas zu essen finden, Wasser gibt es am öffentlichen Trinkbrunnen auch. Eine Wüste ist die Hafenstadt nicht, nur sehr staubig und windstill ist sie heute. Die Pferdebahn vom Bahnhof zum Markt mag er nicht nehmen, da an der Haltestelle zu viele Leute schon anstehen. Er geht zu Fuß und folgt dabei den Schienen. Zur Georgskirche, obwohl sie nicht weit vom Bahnhof liegt, hat er sich sonntags gründlich verirrt. Jetzt meint er sich zu erinnern, dass er da schon ein Stück hinter der Seiltänzerin hergangen ist, die das elegante weiße Kleid trägt, das ihm während des Gottesdienstes erst auffällt.

Hermann versucht sich zu erinnern, doch, eine junge Frau ist vor ihm hergegangen, bis er sie ungeduldig überholt, denn gelegentlich bleibt sie stehen und schaut durch ein Gitter oder zu einer Beletage hinauf, als wolle sie sich die Umgebung gut einprägen, in die sie ihrer Kleidung nach bereits passt. Fast meint er nun, sie wieder vor sich hergehen zu sehen, aber es ist nur der Schatten einer Markise, die jemand zufällig bewegt, während in der Mittagshitze sonst alles still ist. Schließlich steht er am Portal der Marienkirche und möchte sich nur noch ausruhen; warum ist er nicht wieder am Strand spazierengegangen? Er versucht eine Besichtigung und bewundert die astronomische Uhr. Schließlich setzt er sich gegenüber der gewaltigen Orgel in eine Kirchenbank und schließt die Augen. Unmerklich schläft er ein.

Er träumt.

Der junge Mann steht oben auf der Orgelempore, nicht auf der Kanzel, die ihm als viel zu untergeordneter Platz erscheint. Die Orgel nimmt hier den ersten Rang ein, das ist so klar wie sein Auftrag, mit ihrer Stimme zu predigen, mit einem gewaltigen Schwall von Worten, der erst nur aus Tönen besteht und dann einen Namen freigibt.

Hiob.

Über den also predigt er und erschrickt darüber, denn Hermann kommt es vermessen vor, sich an die eigentliche Mitte des Alten Testaments heranzutrauen und zu Einem herabzubeugen, der in seinem Elend so unendlich weit über ihm steht. Er will genau sagen, was dieses Elend so großartig macht, aber jedesmal, wenn er wieder den Namen Hiob aussprechen will, kommt laut ein Clown heraus, Clown, er ist im Zirkus, aus der Orgel quillt eine Musik, die keinesfalls in eine Kirche gehört. Die Orgel ist so gewaltig, dass ihr auch dieses Bummtata leicht fällt, wieder sitzt der Dumme August auf dem Hosenboden und schaut ins lachende Publikum und hat Augen, wie Hiob sie zu seinem Gott erhebt. Erst als Clown erlebt er ein Elend, das sich nicht mehr überbieten lässt, daher ist es unbedingt zulässig, sich dieses Vergleichs zu bedienen, einer Metapher, sagt er über die Schulter, es geht nur um einen metaphorischen Vergleich.

Hinter dem Prediger steht einer, der jedes Wort aufschreibt, damit es vor dem Konsistorium gewogen werde, da ist er ganz sicher und sträubt sich zugleich gegen das bevorstehende Urteil. Mit seinem Predigen mag es nicht mehr lange weitergehen, dennoch wiederholt Hermann noch einmal ganz laut, dass es unvermeidlich ist, im Clown endlich die Verkörperung des Hiob zu erkennen. Da bemerkt er erst das quer durch den Kirchenraum gespannte Seil, durch einen lichten Fleck hindurch, aus dem entzückend die Tänzerin hervortritt, so als gebe es unter ihr keinen Abgrund, gar keine Abgründe mehr, als sei auch ihr undenkbar enges Trikot nicht selbst eine Einladung abzustürzen. Er streckt ihr die Arme entgegen und wünscht sich ihre Haut weiß und seidenweich.

Hermann versucht, nach ihren Händen zu greifen, aber es gelingt ihm nicht, denn eine Stimme mischt sich ein, geht es Ihnen nicht gut? Kommen Sie zu sich, hört er benommen, jemand scheint seinen Puls zu fühlen, sich um ihn zu bekümmern, aber das Bild der Tänzerin verblasst und damit die Wirklichkeit, mit der er verschmelzen will. Hermann öffnet noch nicht die Augen. Seine Glieder fühlen sich schwer an, ein wenig schwindlig ist ihm auch. Ganz trocken ist sein Mund. Ein Glas Wasser, murmelt er, wenn Sie etwas Wasser für mich hätten. Die Hand lässt seinen Puls los, eine weiche, beruhigende Hand, die dazugehörige Stimme klingt nüchtern, nicht unangenehm, freundlich. Wenn Sie bitte ein Glas Wasser holen könnten, sagt sie, also ist da noch jemand anders. Endlich öffnen sich seine Augen.

Vorhin am Eingang hat er den Kirchendiener gesehen, einen älteren Mann mit schütterem grauen Haar in einem langen schwarzen Kittel, jetzt reicht er dem Arzt ein halbvolles Glas, vielleicht hat er in der Eile etwas verschüttet. Kein Zweifel, dass Hand und Stimme einem Arzt gehören, der Arzt also setzt ihm das Glas an die Lippen. Er trinkt, setzt sich gerade, räuspert sich verlegen, ich weiß nicht, was auf einmal mit mir los ist, aber es geht schon wieder. Haben Sie schon zu Mittag gegessen? Nein. Den Strohhut haben Sie auf dem Kopf gehabt? Er lag zwischen den Bänken hinter ihnen. Doch, ja, aber warm war mir schon. Ein Schwächeanfall, sagt der Arzt, ich sollte Sie näher untersuchen. Haben Sie schon einmal mit dem Herzen zu tun gehabt? Ich war untauglich für den Militärdienst, vom Turnunterricht war ich auch befreit, aber bitte, eine Visite kann ich mir nicht leisten, ich bin auch nicht von hier. Das lassen Sie meine Sorge sein. Können Sie aufstehen und ein paar Schritte gehen? Führen Sie uns in einen Nebenraum, wo der junge Mann seinen Leib freimachen kann.

Der Arzt ist ein großer, magerer Mann, der schon älter ist, aber noch etwas Jugendliches in seiner Haltung bewahrt. Gerade dazustehen wie er gelingt dem Pfarramtskandidaten jetzt nicht. Er fühlt sich unsicher auf den Beinen und ist froh, dass er sich auf den Arm des Arztes stützen kann. Am Eingang der Kirche gibt es einen Raum, dort kann er sich hinsetzen und seinen Oberkörper freimachen. Der Arzt zieht ein elfenbeinernes Stethoskop aus einer Rocktasche, um das ein Schlauch gewickelt ist, damit horcht er den Brustkasten des jungen Mannes ab. Der sträubt sich nicht weiter, denn zahlen wird er wohl nicht müssen, nach dem, was der Arzt eben gesagt hat. Soweit ist alles in Ordnung. Aber er soll sich vorläufig nicht überanstrengen, Aufregungen meiden, die Mahlzeiten einhalten und darauf achten, dass er bei allem mäßig ist, vor allem aber beim Zucker, von dem in den meisten Lebensmitteln zu viel enthalten ist. Jetzt freilich ist eher an eine Unterzuckerung zu denken. Hermann hört sich das an und versucht es sich einzuprägen, aber dass er eine schwache Konstitution hat, das ist ihm nun wirklich nichts neues. Neu ist eine solche Schwäche. Der Gedanke, dass sie etwas mit seinem Herzen zu tun haben könnte, macht ihn lächeln. Das Bild der Seiltänzerin tut seinem Herzen doch gut, da ist er nun trotzdem sicher, eigenartigerweise.

In einem Café am Neuen Markt sitzen Arzt und Patient sich gegenüber, ein älterer und ein jüngerer Mann, die sich erst einmal nichts weiter zu sagen haben. Erst bestellt der ältere für den jüngeren Spiegeleier mit Speck und Weißbrot, dazu starken schwarzen Kaffee, wobei das Weißbrot als Zucker gilt, sagt er, mehr braucht es nicht, auch wenn sein Gast Kaffee noch nie schwarz getrunken hat, so bitter, viel deutlicher ein Aufputschmittel als sonst, das hat er auch immer noch nötig. Der Arzt bekommt ein Omelett mit Salat und einen kleinen Mokka, der stark gesüßt ist, aber das hat seine Richtigkeit, nicht nur weil es zum Mokka einfach dazugehört, sondern weil Omelett und Salat nicht schon Zucker enthalten. Das erläutert er ganz beiläufig, ohne darauf mehr Nachdruck zu legen, als einem Kaffeehausgespräch zu Mittag gut tut.

Sein Essen meistert der Kandidat besser als gedacht, der Kaffee tut gut, so bitter er schmeckt, der Raum ist eleganter eingerichtet, als er es gewöhnt ist, das macht ihn merkwürdigerweise gar nicht befangen, er isst und redet über sich selbst, ohne abzuwarten, was der Ältere von ihm wird wissen wollen. Einer muss anfangen, denkt er, wer etwas von sich preisgibt, vor allem wenn es da schon etwas gibt, das der andere von ihm weiß, sorgt am ehesten für eine Gegengabe, einen Austausch, einen Handel eben, bei dem es um Vertrauen geht. So erfährt er, dass der Arzt nur noch dienstags und donnerstags eine Morgensprechstunde hält und keine eigene Praxis mehr hat, nur noch einen Raum bei einem jüngeren Kollegen, wo er seinen alten Patienten noch zur Verfügung steht. Von denen gibt es immer weniger, allmählich sterben sie weg, so wie seine eigenen Ärzte alle schon nicht mehr leben. Gesünder bin ich deshalb auch nicht, lächelt er, aber vor allem kommt es auf mein Weiterleben nicht mehr so an. Mittags, wenn niemand mehr zu ihm kommt, geht er dann in die Marienkirche, um die Orgel zu hören und ganz sicher seine Ruhe zu haben, was heute freilich nicht gelungen ist, denn der Kirchendiener weiß, wer er ist, also war es mit der Ruhe nichts. Ins Café wäre er ohnehin gegangen. Auch dort sieht er nicht viele junge Leute, so dass es alles in allem eine erfreuliche Abwechslung ist, einmal nicht allein hier zu sitzen, seine Zeitung zu lesen oder durch das Fenster zu blicken, in der meist vergeblichen Hoffnung, dort um die Mittagszeit etwas Anregendes zu Gesicht zu bekommen.

Wissen Sie, sagt Hermann aufs Geratewohl, in einem Zirkus war ich noch nie. Das hat sich einfach nicht ergeben, denn als Schüler durfte ich dort nicht hin und als Student hatte ich nie Geld genug, so billig der Eintritt auch war, es reichte einfach nicht. Ich habe nur manchmal den Umzug gesehen, mit dem Akrobaten und Tiere sich in der Stadt bekanntmachen, aber nie ihr Spiel in der Manege. Warum gehen wir nicht zusammen hin? fragt der Ältere lächelnd, der Zirkus ist doch in der Stadt, das wäre einmal etwas anderes. Wenn ausgerechnet Sie mich darauf bringen, so zwischen Ihren beiden theologischen Prüfungen, kann ich gar nicht nein sagen. Der Reisende fühlt sich da wirklich als solcher, nimmt seinen Mut zusammen und nickt. Der Arzt lässt sich die Zeitung bringen und schaut nach, ob es nachmittags eine Vorstellung gibt, tatsächlich, eine ist zusätzlich für den Nachmittag angesetzt, 14 Uhr, für Kinder zwar, aber das macht nichts, sagt er, denn der Kandidat muss auch nachholen, was er als Kind versäumt hat.

Fast fühlt Hermann sich wieder benommen, aber aus einer haltlosen Freude, die er gar nicht empfinden dürfte. Wer weiß, wie oft das im Leben noch vorkommt. Das denkt er nicht, aber er könnte es denken, wüsste er im voraus, wie sein Leben sich weiter entwickelt. Bis zum Beginn der Vorstellung ist noch Zeit für einen kleinen Umweg, vom Neuen Markt zum Steintor und dann durch den Rosengarten und die Wallanlagen bis zu dem Vorbereich der Stadtmauer, zwischen Kröpeliner und Grünem Tor, wo der kleine Zirkus seine Wagenburg eingerichtet hat. So folgen sie der Grenze zwischen Altstadt und Steintorviertel, an der sich Rostock von seiner schönsten Seite zeigt, sofern der Hafen mit dem Fluss und dem Versprechen auf das Meer nicht noch viel schöner sind.

Der Hafen zieht den Arzt vor bald vierzig Jahren an, als ihm die Märzgefallenen von 1849 das Berlin verleiden, wo er aufgewachsen ist. Er ist bei der Garde und nimmt seinen Abschied, weil ein Freund unter den Toten ist, dem er noch immer nachtrauert. Die Mutter kommt aus Rostock und wohnt nach dem Tod des Vaters wieder dort, während er in Berlin geblieben ist und die Kadettenanstalt besucht, um Offizier zu werden. Sein

Freund ist etwas älter gewesen als er. Mehr sagt der Arzt dazu nicht. Jedenfalls nimmt er seinen Abschied, als der Freund tot ist. In Rostock studiert er Medizin und arbeitet dann ein paar Jahre im Pathologischen Institut, als hätte er den Freund dort wieder lebendig machen können, als ein neuer Doktor Frankenstein. Nein, an eine Auferstehung mag ich nicht glauben, sagt er beim Franz-Ferdinand-Denkmal, da kommt doch zuviel im Boden und in den Köpfen durcheinander, was sich nicht mehr trennen lässt. So wie hier ein Franz als siamesischer Zwilling mit einem Ferdinand untrennbar verbunden ist. Das ist Mecklenburg. Auch das ganze Land gibt es nur mit Bindestrich, als Mecklenburg-Schwerin und Mecklenburg-Strelitz, eines rückständiger als das andere. Aber in der Rückständigkeit lässt sich gut leben, wenn es aufs eigene Leben nicht mehr so ankommt.

Die Orgel in der Marienkirche bringt das Meer in die Stadt, sagt Hermann, als sie durch den Rosengarten gehen. Ich glaube, dass sie mich auf die See hinausgeschwemmt hat. Sonst habe ich hier nicht das Gefühl am Meer zu sein, aber in der Kirche war es auf einmal um mich. Sein Begleiter schaut ihn besorgt an und steuert ihn am Arm zu einer Bank, setzen Sie sich, mir scheint, die Überschwemmung von vorhin ist noch nicht vorbei. Im Schatten ist es angenehm, aber ein wenig fühlt der junge Mann sich gegängelt, das gefällt ihm nicht. Sie sind also ein Demokrat gewesen? fragt er nachlässig. Nein, gerade nicht. Mein Freund wird einer gewesen sein, aber ich nicht, das war bei der Garde unmöglich, nein, ich habe zwar nicht geschossen, aber ich hätte es ebensogut sein können, der ihn umgebracht hat. Befehl ist Befehl. Da habe ich begriffen, dass es so nicht weitergeht. Mit dem Gehorsam und dem Glauben an die Auferstehung und dem Leben. Er holt seine Taschenuhr heraus und schaut nach der Uhrzeit. Gehen wir langsam weiter. Ertrunken sind Sie schließlich nicht.

Der Pfarramtskandidat spürt den Abstand, der sich zwischen dem Arzt und ihm wiederherstellt und fragt sich, was ihre vorübergehende Nähe bedeutet. Die Frage braucht er nicht zu beantworten, um sich wieder mit sich zurechtzufinden und einfach bloß der Gelegenheit nachzugeben. So kommt er mit einem Unbekannten ins Gespräch und erlebt endlich einmal einen Zirkus, ohne sich da hineinstehen zu müssen, aus der Laune eines Anderen und nicht wegen einer Sehnsucht, die ihn quält. An der Großen Stadtschule bleiben sie stehen, die ihn schon beeindruckt, auch wenn die Universität in Halle doch noch etwas ganz anderes war. Eine Universität gibt es in Rostock auch, aber keine Kaaba, von der er im Weitergehen ebenso erzählt wie von der Kindheit in der Kleinstadt und der Mutter, zu der doch auch der Arzt zurückgekehrt ist, nach dem Abschied von der Garde. Aber darüber schweigt der Ältere sich aus, als gehe das niemand mehr etwas an.

So entwickelt das Gespräch sich ganz lebhaft, aber ein Abstand bleibt, als sei da schon etwas zu Ende, das für den einen von beiden noch gar nicht begonnen hat. Dann wird die Parklandschaft der Wallanlagen so abenteuerlich, dass sie gegen das Kröpeliner Tor noch zur Teufelskuhle hinabsteigen müssen, um sich eingekesselt von steilen Abhängen, wie der Arzt es ausdrückt, in Dantes Inferno wiederzufinden. Damit wird der Kandidat wieder zum Studenten, denn von Dante weiß er nicht viel, außer dass er mehr über ihn wissen sollte.

Die Zeit bis zu seinem zweiten Sonntag in Rostock verbringt der Kandidat, nun ganz gelassen und entspannt, in Warnemünde, ohne noch einmal nach Rostock zu fahren.

In der Pension trifft eine Ansichtskarte seines Freundes aus Châteauroux an der Indre ein, auf der das Denkmal des Generals Bertrand abgebildet ist, des letzten Getreuen Napoleons. Dessen Museum und eine Voliere mit tropischen Vögeln dort scheinen den Pfarrer aus Rostock gehörig beeindruckt zu haben. Aber Rostock kennt er doch nicht so wie ich, denkt Hermann in einem Gefühl plötzlicher und kaum begründbarer Überlegenheit. Er liest und ruht sich aus und denkt nur zwischendurch an den Nachmittag im Zirkus, an dem er sich an seiner Sehnsucht sattgesehen zu haben scheint. Jedenfalls glaubt er das, bis sie ihn auf der Rückfahrt zwingt, in Ludwigslust auszusteigen und auf die Suche nach dem Ort zu gehen, an dem der Zirkus hier gastieren soll. Aber er kommt zu früh und sieht stattdessen ein Schloss aus Pappmaché oder wenigstens eines, dessen Skulpturen aus stuckierter Pappe sind. Das hat er gehört, ohne dass er sich traute, ein Stück von ihnen abzuschlagen, um sich dessen zu vergewissern.

Nach Rostock fährt der Kandidat nicht mehr, also geht er auch nicht mittags in das Café am Neuen Markt, wo er den Arzt antreffen könnte, dessen Namen er gar nicht weiß, so wie er seinen Namen auch nicht gesagt hat, als bleibe besser in der Schwebe, was ihr weiteres Verhältnis angeht, vor allem, ob sich ein solches überhaupt ergibt.

Im Zirkus sind viele Kinder, das haben sie erwartet, daher nehmen Arzt und Kandidat die billigsten Plätze, ganz oben und ganz hinten, um auch das Publikum beobachten zu können, nicht nur die Artisten. Der Auftritt der Seiltänzerin erscheint Hermann als selbstverständlicher Höhepunkt der Vorstellung, aber die Traumbilder, die ihn seit der Begegnung mit ihr beschäftigt haben, verwirklichen sich damit nicht. Das ist beruhigend, seine Anspannung verfliegt, aber sie ist seinem Begleiter nicht entgangen, der sich ein wenig mehr von ihm zurückzuziehen scheint. Dann tritt ein Clown auf und die Seiltänzerin kehrt zurück, um den Tolpatsch zu reizen und zu quälen, was verwirrend ist, aber auch keinen Rückfall in die Sehnsucht bewirkt, jedenfalls nicht, ehe der Aufenthalt an der See zu Ende ist. Der Zirkus bricht an dem Sonntag seine Zelte ab, als er seine zweite Predigt hält. All das kapselt sich in seinem Gedächtnis ein. Die Erinnerung daran bewahrt er bis an sein Lebensende, ohne je davon zu erzählen.

VII

Vielbaum, Arendsee, Heiligenfelde

Superintendent Krüger steht hoch oben auf dem Kanzelaltar. Während der Predigt schaut sein gütiges, in viele Lachfältchen ausgefächertes Gesicht nur gelegentlich zur Gemeinde hinunter, die in der kleinen Kirche von Vielbaum dichtgedrängt dasitzt. Manche Hochzeitsgäste schauen erstaunt zu ihm auf, denn solche Kanzeln, die als Überbau einen Altar bekrönen, gibt es nicht so oft in einer Gegend, deren Kirchen meist noch Altäre aus dem späten Mittelalter besitzen. Hier wird ein Voss von Vosshof einmal tief in die Tasche gegriffen haben, um seine Kirche auf die Höhe der Barockzeit zu bringen. Von außen wirkt die Kirche größer als von innen, verbreitert durch die Grabkapelle der Gutsherren, die nur an sie angelehnt ist und keinen Zugang vom Kirchenschiff her besitzt. In ihrer Kleinheit wirkt sie jetzt übervoll, was der Stimmung der Hochzeitsgesellschaft zugutekommt, denn so erscheint auch die Zahl der Gäste größer, als sie in Wirklichkeit ist.

Die Familie der Braut ist zahlreich vertreten, während außer der Mutter des Bräutigams nur drei oder vier entfernte Verwandte gekommen sind. Viele Verbindungen nach Schnackenburg, wo sie herkommt, gibt es wohl nicht mehr. Der frühe Tod ihres Mannes mag auch dazu beigetragen haben, dass kaum noch Beziehungen zu anderen Trägern seines Namens bestehen, auch wenn es in der Gegend ziemlich viele von ihnen gibt. Mag sein, dass auch er der einzige Sohn oder das einzige Kind seiner Eltern gewesen ist, so wie der Pfarrer, der als einziges Kind auch einen Sohn haben wird und von ihm nur einen Enkel, der erst geboren wird, als er schon tot ist. Weiter sehen wir jetzt nicht in die Zukunft voraus.

Den Bräutigam erstaunt, dass unter den Leuten, die nicht zur Familie gehören, auch der alte Buness ist, der vielleicht in Vielbaum zu tun hat und die Hochzeit mitnimmt, weil der Gutsverwalter von Vosshoff zu seinen guten Kunden gehört, der Schwiegervater, zu dem der Pfarrer nun Vater sagen darf, auch ein eigenartiges Gefühl, da der eigene Vater seit bald zwanzig Jahren nicht mehr am Leben ist.

Jetzt nennt der Superintendent den jungen Pfarrer einen Nachfahren der Menschen, denen die Altmark ihre Urbarwerdung verdankt. Aus Holland kamen sie, aus Flandern und Friesland hergerufen vom Landesherrn, das führt er malerisch aus und überbrückt damit den Graben, der seinen mittellosen Zögling von den besitzenden Kreisen seiner Heimatstadt Seehausen trennt. Auch die Braut kommt eigentlich aus der Priegnitz, vom anderen Ufer der Elbe also, wo die Leute bekanntlich nicht so sind wie hier, genau wie die im Wendland, das bei Schnackenburg beginnt. Auch er kommt von anderswo, aus der Gegend von Salzwedel nämlich. Wenn er sich im kleinen Kreis einmal gehenlassen kann, schnackt er ein anderes Platt als das der Wische.

Die älteren Männer, mit denen der Superintendent vertraulich umgeht, weil sie wie der Eisenwarenhändler Buness Interessen haben, die den Rahmen der Kleinstadt überschreiten, kennt der junge Pfarrer von fern, den Arzt zum Beispiel oder den Apotheker, wobei letzterer nur aus geschäftlichen Gründen den Umgang mit den anderen Honoratioren pflegt. Auch der Uhrmacher gehört selbstverständlich zu ihnen, die sich nicht mögen müssen, um miteinander auszukommen, ein unbequemer Mann. Den Redakteur der wöchentlich erscheinenden Lokalzeitung schätzt der Superintendent so sehr wie sein Freund Buness, denn auf seine freundliche Neutralität ist Verlass. Was den Kreis am meisten verbindet, nämlich der Karneval, darf ruhig als die ernsteste Angelegenheit des Zusammenlebens in einer längst nicht mehr idyllischen kleinen Landstadt gelten.

Auch die Werkzeughandlung Buness gibt es zwar seit achtunddreißig Jahren, aber ihre Gründung ist damals schon ein deutliches Anzeichen des Wandels durch den Bau der neuen Landstraße von Magdeburg her. Etwa zur gleichen Zeit dringt die Eisenbahn bis Seehausen vor, dann bis zur Elbfähre und schließlich, als die Brücke ans andere Ufer fertig ist, bis Wittenberge. Jetzt ist Buness schon gar nicht mehr aus Seehausen wegzudenken, aber Schmied und Schlosser, die mit seinen Fabrikwaren nicht mithalten können, wünschen ihn zunächst einmal dorthin, wo der Pfeffer wächst. Inzwischen sind sie froh, nicht alles mehr selbst anfertigen zu müssen, was so viel auch nicht eingebracht hat. Aber das nur am Rande.

Der junge Pfarrer verliert allmählich die Anspannung, die der Hochzeitstag verursacht, während der freundliche ältere Herr gerade von der Jahrhunderte zurückliegenden Abkunft der Holländer aus der Fremde spricht, als hätte das heute noch eine Bedeutung. Natürlich schon. Aber das geht in der Kleinstadt den meisten so, denn wirklich von dort stammen wenige, jedenfalls in dem Sinne, dass sie einen Urgroßvater benennen können, der dort geboren ist. Vielleicht gelänge dem Pfarrer das sogar. In der alten Familienbibel des Vaters stehen die Namen von dessen Großeltern. Auf dem Dorf freilich hilft das auch nicht. Anders wäre das, hieße er Holz und nicht Holländer, denn einen Vierhufenhof Holz gibt es dort. Bauer Holz ist ganz sicher der Nachfahre von Leuten, die immer in Heiligenfelde gewohnt haben. Jedenfalls tut er etwas für die Gemeinde, darauf hat er seinen jungen Pfarrer schon aufmerksam gemacht. So einen Namen sollte man haben, um gegen das Dorf knorrig standzuhalten, dann ginge alles leichter.

Plötzlich entsteht ein Schweigen. Die junge Braut stößt ihren Pfarrer vorsichtig an, um auf den Höhepunkt des Ganzen aufmerksam zu machen, das ihn nun doch überrascht. Kaum im Amt, hat er schon ein Brautpaar verheiraten müssen, dem es sehr eilig war, daher hat er die Worte genau im Kopf. Noch einmal nachgeschlagen hat er sie nicht. Jetzt muss er sie selbst nachsprechen. Ringe werden gewechselt, der Kuss geschieht und macht ihn verlegen, so vor allen Leuten und nicht im Geheimen, wo ein erster Kuss sich ereignen sollte, denn es ist tatsächlich der erste. Martha und er sind nie so lang allein geblieben, dass sie sich so weit hätten annähern wollen, nun werden sie sehen müssen, was da noch anderes möglich ist. Sie senkt ihren Mund an seinen heran und scheint es gerne zu tun, was Hermann ziemlich erleichtert, denn Abwehr entwaffnet und verhindert ihn daran, noch Lust auf Nähe zu empfinden. Auf den Gedanken kommt er zum Glück nicht, dass Martha vielleicht eine Flucht nach vorn antritt und ihn nur deshalb nicht abwehrt, weil er nun einmal ihr Leben verändert, was immer dann auch kommen mag. Wirklich vorbereitet sind beide darauf nicht. Wenigstens haben sie Gelegenheit gehabt, voreinander viel Gesprächsstoff auszubreiten, so wenig der sie, als Fata Morgana, auch zu kleiden imstande ist.

Ein Kuss also, dann geht es Arm in Arm hinaus, während der bereitwillig mitgekommene Organist aus Seehausen sich daran versucht, auf einem geliehenen Harmonium den Hochzeitsmarsch aus dem *Sommernachtstraum* zu spielen. Als erster drückt Buness dem Bräutigam die Hand, ganz herzlich und ohne Arg, so wie es seine Art ist. Manche Gäste können nicht länger bleiben, denn es ist Dienstag, der Tag also, der für die

Trauung eines Pfarrers am ehesten in Frage kommt. Montage auf keinen Fall, denn die sind die einzigen Tage der Woche, an denen ein Pfarrer aufatmen und freie Zeit finden kann, also traut er dann auch keinen Kollegen. So ist die Hochzeit in Vielbaum für den Superintendenten der Auftakt seiner Arbeitswoche, während der junge Pfarrer sich noch bis Donnerstagmittag Zeit für eine Hochzeitsreise nehmen darf, zwar nur nach Arendsee, das zu Fuß aber doch gegen anderthalb Stunden von Heiligenfelde entfernt liegt, mit der Kutsche etwa eine halbe, je nach Alter der Pferde.

Dem Schwiegervater und seiner Bekanntschaft mit dem Hotelier dort ist es zu verdanken, dass Martha und Hermann ihre beiden ersten Nächte noch nicht im Dorf verbringen müssen. Aber das ändert auch nichts daran, dass sie sich nun werden erkennen müssen, wie es in der Bibel so schön heißt. Wie der hebräische Ausdruck lautet, fällt dem jungen Pfarrer schon nicht mehr ein, die Sprache des Alten Testaments ist wirklich nicht seine Stärke, aber eine so milde Übersetzung des eher verstörenden Sachverhalts, den er insgeheim schon kennt, erscheint ihm doch unangemessen. Dennoch hat auch sie eine Wahrheit, so wie andere einprägsame Erfindungen Luthers, denen man sich nicht leicht entziehen kann.

Das Hochzeitsessen dauert bis in den Nachmittag hinein. Ein großer Tisch ist auf der Veranda des Herrenhauses in Vosshof aufgebaut. Sonnig ist es schon, nur etwas kühl eben, an diesem 25. September, auf den Marthas achtzehnter Geburtstag folgt. Hermann denkt jetzt erst daran, dass der Tag in Arendsee ihr Geburtstag ist, den sie also mit ihm ganz allein feiern wird, aber hat er auch ein Geschenk für sie? Vielleicht braucht es gar keines, aber das kann er erst morgen wissen, also verunsichert ihn die Frage und er beschließt, dass sie sich im

Kaufhaus in Arendsee selbst etwas schönes aussuchen soll, wenn es dort denn etwas gibt, das sie brauchen kann. So ist er wieder etwas geistesabwesend, während um ihn herum das Gespräch immer lebhafter wird, an dem Martha sich bald ausgelassen beteiligt.

Dann ist es Zeit zum Losfahren. Nach Arendsee haben sie erst noch einen Umweg vor sich. Eine alte zweirädrige Kutsche, die der Brautvater dem jungen Pfarrer samt einem ruhig gewordenen Karrengaul geschenkt hat, steht schon bereit. Erst bringen sie seine Mutter zurück nach Seehausen. Ängstlich verabschiedet sie sich von Martha und Hermann. Was soll sie noch sagen? Nichts ist vorhersehbar, so sehr sie dem Sohn alles Glück mit der jungen Frau wird wünschen wollen, die sie für ihn ausgesucht oder das Glück gehabt hat, aussuchen zu dürfen.

Am nächsten Morgen gehen der Pfarrer und seine Frau lange am See spazieren. Noch steckt der Kurbetrieb am Arendsee in seinen Anfängen, aber unterhalb der Klosterkirche hat ein Verein eine Bank aufgestellt, auf der sie sich eine Weile ausruhen. Der See erstreckt sich in seinem weiten Umkreis vor ihnen, fast warm ist es heute, in der Sonne jedenfalls, das tut ihnen gut, denn allzu gründlich sind sie in der ersten Nacht nicht miteinander bekannt geworden, aber etwas mehr wissen beide nun schon. Darüber muss nichts gesagt werden, aber reden möchten sie schon miteinander, daher zieht Hermann den Brief aus seiner Westentasche, den er zur Hochzeit mitgebracht, aber Martha noch nicht gezeigt hat, denn er schließt eine mögliche Zukunft ab, das weiß er jetzt erst wirklich, über die nachgedacht zu haben ihn immer noch ein wenig nährt. Hier, sagt er, lies selbst, was mir Gosche schreibt, mein Professor in Halle, Du weißt schon, bei dem ich Arabisch und Türkisch gehört habe, ohne es mir leisten zu können.

Verehrter Herr Pfarrer, liest Martha, *gern spreche ich Sie so an, denn nicht jeder erreicht schon in Ihrem noch jugendlichen Alter eine Stellung, die ihm bis an sein Lebensende ein Auskommen gewähren wird, so wünschenswert es auch sein mag, darüber hinausgedacht zu haben. Wie ich weiß, haben Sie sich manches vorgestellt, mit dem verglichen ein Leben als Landpfarrer auf einem kleinen Dorf enttäuschend zu werden verspricht. Erlauben Sie mir daher, von mir selbst zu sprechen, da ich sicher Einiges erreicht habe, aber Manches doch nicht habe erreichen können, weil ich nicht nur für mich allein entscheiden musste, sondern auch an meine Familie denken musste, an meine Frau, vor allem aber an unsere geliebten Töchter. Daher habe ich viele Einladungen zu Vorträgen und herausgeberischem und publizistischem Engagement nicht ablehnen können, die zwar wissenschaftlich unergiebig sein mochten, aber es immerhin ermöglicht haben, schuldenfrei ein Haus zu bauen. Keine Villa, wie sie manche meiner von Haus aus begüterten Kollegen besitzen, sondern ein großes und hoffentlich einträgliches Mietshaus. Von diesem Hausbesitz wird das Wohlergehen vor allem meiner Töchter abhängen, wenn ich einmal nicht mehr am Leben bin. Das hat für mich eine mindestens ebenso große Bedeutung wie ein wissenschaftlicher Nachruhm, der über das ohnehin schon zu Erwartende ein Stück hinausgeht. Immer lag mir auch die Lehre viel zu sehr am Herzen, als dass ich sie hätte zurückstehen lassen wollen, wie mancher Gelehrte das ruhigen Gewissens tun mag, der nur sich selbst zuliebe forscht.*

Da ich eben meine Töchter erwähnt habe, möchte ich hier noch an Sie als Bräutigam einer jungen Frau gewandt hinzufügen, da blickt Martha zu Hermann hin, aber der schaut ins Weite, *dass ihre Bildung mir immer umso mehr bedeutet hat, als Frauenbildung noch so gründlich geringgeschätzt und von vielen als unerwünscht abgelehnt wird. Unsere Frauen haben aber das gleiche Recht auf Bildung wie wir Männer, auch wenn die Gesellschaft es ihnen schwer macht, aus ihrer Bildung einen Vorteil zu ziehen. Ich wünsche mir, dass auch Sie die weitere Bildung Ihrer jungen Braut als eine Verpflichtung betrachten werden, denn nichts erhöht den Menschen über seine immer zu bescheidenen Lebensumstände so wie eine Bildung, die niemand wegnehmen kann. Mehr als alles andere zeigt sich denn auch die Liebe zu den Nächsten darin, ihnen Bildung zu erlauben und sie in dem zu schätzen, was sie damit erreichen können. Lesen Sie Bücher mit Ihrer Frau, die Ihnen beiden zu denken geben, so haben Sie Anlass zu Gesprächen, über denen Sie die dörfliche Umgebung vergessen können. Vor allem aber rüsten Sie sich so auch für unerwartete Begegnungen mit Menschen, die in ein dörfliches Leben gestellt sein mögen, manchmal aber mehr über die Welt nachdenken, als viele Gelehrte es in ihrem fachlichen Denkkasten tun. Was mich betrifft, so habe ich mich mit jedem auf ein Gespräch eingelassen, der mir begegnet ist, gleich ob es ein Pfarrer oder ein Arbeiter oder ein Kaufmann oder ein Fremder oder ein Mitstudent war. Lernen können wir immer dann am ehesten, wenn wir Gespräche nicht ablehnen. Das wird nun auch Ihre erste Aufgabe sein, das Zuhören, auf das es unendlich viel mehr ankommt als auf die Predigt, die doch oft ein Selbstgespräch sein darf.*

Zum Antritt Ihrer Stelle als Pfarrer in Heiligenfelde und zu Ihrer bevorstehenden Eheschließung sende ich Ihnen so meine freundlichsten Glückwünsche, bleiben Sie gesund und vergessen Sie nicht, immer etwas weiter zu denken, als Ihre Umstände es zu erfordern scheinen! Grüßen Sie unbekannterweise und besonders herzlich Ihre junge Frau.

Ergebenst Ihr Richard Gosche.

PS. Gerade kommen wir von einer Reise nach Kopenhagen zurück, von der ich fühle, so gut sie mir getan hat, dass es vielleicht meine letzte Reise gewesen sein wird. Diese Stadt, die mir in meinem oft betrübten Zustand nun so gut getan hat, lege ich Ihnen besonders ans Herz und verbinde dies mit einem Gruß, den meine Tochter Agnes Ihrer Frau auszurichten bittet. Meinen Brief hat die Familie gelesen und für gut befunden. Auch meine Frau lässt freundliche Grüße hinzufügen.

Natürlich fragt Martha nicht, wer diese Agnes Gosche ist, von der sie sich so unerwartet gegrüßt findet, denn von ihr hat der junge Pfarrer gar nicht erzählt. Der Brief macht ihr Eindruck und gibt ihr ein Gefühl, mehr zu sein als sie von sich selbst gedacht hat. Das ist gut und doch, vorstellen kann sie sich nicht, was aus einer Frau werden mag, die sich nach solchen Grundsätzen gebildet findet. Du kannst stolz darauf sein, sagt sie schließlich, einen solchen Brief zu erhalten. Das bin ich auch, erwidert er, aber es macht mir doch auch sehr klar, dass ich so manches nie sein werde, von dem ich geglaubt habe, dass ich es einmal sein könnte. Immerhin, den Brief hat er mir geschrieben. Ich finde ihn irgendwie schwermütig, bemerkt Martha, ich kann mir nicht helfen.

Wenigstens fragst Du nicht nach Agnes, meint Hermann dann, jetzt ist es leicht, das zuzugeben, aber beim Freitisch im Hause Gosche habe ich immer gefürchtet, von ihr gewogen und als zu leicht befunden zu werden. Aber jetzt habe ich Dich und fühle mich schwer genug, um kritische Blicke auszuhalten. Natürlich küssen die beiden sich nicht in dieser besonnten Herbstöffentlichkeit. Immerhin legen sie ihre Arme umeinander und haben sich wieder etwas besser erkannt. Was der junge Pfarrer nicht sagt, dass ihm nämlich eine gewisse Ähnlichkeit zwischen der gefürchteten Professorentochter aus Halle und seiner Martha aus Vosshof gerade erst auffällt, lässt doch hoffen, dass er ihre weitere Bildung nicht wird vernachlässigen können.

In Heiligenfelde findet Martha anderntags die Möbel schon aufgestellt vor, dafür haben Vater und Bräutigam schon vor der Hochzeit gesorgt. Der größte Teil des Gepäcks ist erst am Hochzeitstag selbst hierhin gekarrt worden und wartet aufs Auspacken. Ortsbürgermeister und Gemeindekirchenrat lassen es sich aber nicht nehmen, das Brautpaar angemessen zu begrüßen. Der Pfarrer hat Mühe, die Schnäpse abzuwehren, die ihm da aufgedrängt werden. Das erfordert viel Reden und am Ende muss die junge Frau allein mit der Magd alles in Ordnung bringen. Da es jetzt um ihren eigenen Haushalt geht, fällt ihr alles einerseits leichter, zugleich empfindet sie aber auch eine größere Verantwortung als zuvor, die sie manchmal zögern lässt. Was jetzt entschieden wird, kann lästige Folgen haben. Zum Glück haben sie in Arendsee noch zu Mittag gegessen, denn es sind zwar Vorräte im Haus, aber Zeit zu kochen hätte sie jetzt nicht. Natürlich weiß sie, wie das geht. Aber es ist schon gut, eine Hilfe zu haben, wenn auch nicht den ganzen Tag. Das können sie sich vom Gehalt eines Pfarrers nicht leisten. Willkommen im Leben.

G. H. H. lebt und arbeitet in Berlin.

Veröffentlichungen:
Ein Sommer nach dem Krieg. Novelle
(Aphaia 2020)
Der eine Sohn. Roman
(Aphaia 2019)
Frühe Neuzeit. Gedichte
(hochroth 2014).
Geschichten aus dem Adlerhof
(hochroth 2012).
Gedichte in zwei Sprachen
(hochroth 2010)

Der Berliner Senat hat die Vollendung der Novelle durch ein Recherchestipendium 2021 gefördert. Verlag und Autor danken Ingo Schulze für seinen Text, der auf der Rückseite des Covers schwarz auf grün abgedruckt ist.

— GESTALTUNG & SATZ
Ann-Kristin Kühl

— DRUCK & BINDUNG
Prime Rate, Budapest

Erste Auflage 2022
ISBN: 978-3-946574-28-6